共和国故事

成长摇篮

——中国少年先锋队建立

王金锋　编写

吉林出版集团股份有限公司

图书在版编目（CIP）数据

成长摇篮：中国少年先锋队建立/王金锋编. —

长春：吉林出版集团股份有限公司，2009.12

（共和国故事）

ISBN 978-7-5463-1721-2

Ⅰ．①成… Ⅱ．①王… Ⅲ．①纪实文学－中国－当代 Ⅳ．①I25

中国版本图书馆 CIP 数据核字（2009）第 237296 号

成长摇篮——中国少年先锋队建立

CHENGZHANG YAOLAN　　ZHONGGUO SHAONIAN XIANFENGDUI JIANLI

编写　王金锋

责任编辑　祖航　息望

出版发行　吉林出版集团股份有限公司

印刷　三河市嵩川印刷有限公司

版次　2010 年 1 月第 1 版　　2022 年 1 月第 11 次印刷

开本　710mm×1000mm　1/16　　印张　8　字数　69 千

书号　ISBN 978-7-5463-1721-2　　定价　29.80 元

社址　吉林省长春市福祉大路 5788 号

电话　0431－81629968

电子邮箱　tuzi8818@126.com

版权所有　翻印必究

如有印装质量问题，请寄本社退换

前　言

　　自 1949 年 10 月 1 日中华人民共和国成立至今，新中国已走过了 60 年的风雨历程。历史是一面镜子，我们可以从多视角、多侧面对其进行解读。然而有一点是可以肯定的，那就是，半个多世纪以来，在中国共产党的领导下，中国的政治、经济、军事、外交、文化、教育、科技、社会、民生等领域，都发生了深刻的变化，中国人民站起来了，中华民族已屹立于世界民族之林。

　　60 年是短暂的，但这 60 年带给中国的却是极不平凡的。60 年的神州大地经历了沧桑巨变。从开国大典到 60 年国庆盛典，从经济战线上的三大战役到经济总量居世界第三位，从对农业、手工业、资本主义工商业的三大改造到社会主义市场经济体制的基本确立，从宜将剩勇追穷寇到建立了强大的国防军，从废除一切不平等条约到独立自主的和平外交政策，从"双百"方针到体制改革后的文化事业欣欣向荣，从扫除文盲到实施科教兴国战略建设新型国家，从翻身解放到实现小康社会，凡此种种，中国人民在每个领域无不留下发展的足迹，写就不朽的诗篇。

　　60 年的时间在历史的长河中可谓沧海一粟。其间究竟发生了些什么，怎样发生的，过程怎样，结果如何，却非人人都清楚知道的。对此，亲身经历者或可鲜活如昨，但对后来者来说却可能只是一个概念，对某段历史的记忆影像或不存在，或是模糊的。基于此，为了让年轻人，特别是青少年永远铭记共和国这段不朽的历史，我们推出了这套《共和国故事》。

《共和国故事》虽为故事，但却与戏说无关，我们不过是想借助通俗、富于感染力的文字记录这段历史。在丛书的谋篇布局上，我们尽量选取各个时代具有代表性或深具普遍意义的若干事件加以叙述，使其能反映共和国发展的全景和脉络。为了使题目的设置不至于因大而空，我们着眼于每一重大历史事件的缘起、过程、结局、时间、地点、人物等，抓住点滴和些许小事，力求通透。

历史是复杂的，事态的发展因素也是多方面的。由于叙述者的视角、文化构成不同，对事件的认知或有不足，但这不会影响我们对整个历史事件的判断和思考，至于它能否清晰地表达出我们编辑这套书的本意，那只能交给读者去评判了。

这套丛书可谓是一部书写红色记忆的读物，它对于了解共和国的历史、中国共产党的英明领导和中国人民的伟大实践都是不可或缺的。同时，这套丛书又是一套普及性读物，既针对重点阅读人群，也适宜在全民中推广。相信它必将在我国开展的全民阅读活动中发挥大的作用，成为装备中小学图书馆、农家书屋、社区书屋、机关及企事业单位职工图书室、连队图书室等的重点选择对象。

编　者
2010 年 1 月

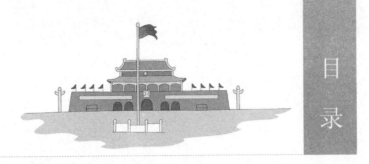

一、 新中国成立初期

● 1949 年 4 月，中国新民主主义青年团第一次全国代表大会通过了《中国新民主主义青年团工作纲领》，把领导少年儿童工作列为它的 6 项工作任务之一。

● 郭沫若向全国的文学艺术界发出呼吁：人的少年儿童时代是人的春天，我们应在春天抢着来播种，加强少年儿童工作。

● 许多前线的战士来信都提到了"一件事运动"，战士们感动地说：咱们祖国人民真可爱，10 来岁的小朋友都参加抗美援朝了，还怕打不败美国鬼子吗？

团中央宣布成立少年儿童队

1949 年 10 月 13 日，在新中国的首都北京，中国新民主主义青年团中央委员会扩大会议召开。

受中国共产党的委托，在这次会议上，中国新民主主义青年团中央委员会作出决定，在全国统一建立少年儿童组织，即中国少年儿童队。

中国共产党决定成立中国少年儿童队的目的是：

> 团结教育少年儿童听党的话，爱祖国，爱人民，爱劳动，爱科学，爱护公共财物，努力学习，锻炼身体，培养能力，立志为建设有中国特色社会主义现代化国家贡献力量，努力成长为社会主义现代化建设的合格人才，做共产主义事业的接班人。

其实，新中国成立前，少年儿童就已经拥有了自己的组织。

在北伐战争时期，中国共产党组织成立了劳动童子团，土地革命战争时期成立了共产儿童团，抗日战争时期成立了儿童团，解放战争时期也有儿童团。

中国共产党根据不同时期的具体国情，组织和培养中国的少年儿童，促进少年儿童的健康成长。

新中国成立前的儿童组织曾为中国的革命事业作出了特殊的贡献。

在各个不同时期，涌现出许许多多小英雄，像不怕牺牲的刘胡兰，放牛的小英雄王二小等等，影响了无数的儿童走上革命的道路。

中国共产党是儿童组织的热心支持者。

新中国还没成立，中国共产党就开始为建设新的儿童组织做准备。

1949 年 1 月，中国共产党中央委员会颁布了《关于建立中国新民主主义青年团的决议》。

在建团的决议中，把建立少年儿童组织的问题作为团的第四项任务确定下来。

1949 年 4 月，中国新民主主义青年团第一次全国代表大会通过了《中国新民主主义青年团工作纲领》，把领导少年儿童工作列为它的 6 项工作任务之一。

1949 年 10 月，中国新民主主义青年团中央委员会又正式颁布了《关于建立中国少年儿童队的决议》《中国少年儿童队章程草案》《建立中国少年儿童队的几个问题的说明》。

这些文件对建队的目的、队的性质、建队的对象、队的领导机构等都作了明确的规定。

《建队决议》指出：

中国少年儿童队是在中国新民主主义青年

团领导下的少年儿童组织，吸收 9 岁到 15 岁的少年儿童参加。

对儿童队的领导机构问题，《关于建立中国少年儿童队的决议》提出，区级以上的少年儿童队不设队部。青年团区委以上的少年儿童部，就是少年儿童队的领导机关。

关于队的领导机构，除了明确了由中国新民主主义青年团区委以上的少年儿童部门负责领导以外，规定：

青年团组织聘请进步的小学教师和中学教师为少年儿童队的辅导员。

青年团中央同时颁布的《建立中国少年儿童队的几个问题的说明》，进一步解释了《决议》和《队章草案》。

建队工作开始以后，各级团委按照《建队决议》和《队章草案》，广泛地向学校、家庭、社会进行宣传，仅用了半年的时间，中国少年儿童队就迅速壮大起来。

1949 年 12 月 23 日，中央人民政府政务院作出决定，规定每年的 6 月 1 日为新中国的儿童节，同时宣布废除原来的每年 4 月 4 日为儿童节的规定。

中国少年儿童队的成立，为中国的少年儿童事业奠定了基础。从此，中国少年儿童有了自己的组织，广大少年儿童在党的关怀下健康成长起来。

团中央召开少年儿童大会

1950 年 4 月 23 日至 27 日，正是阳光明媚的春天，在祖国的首都北京，青年团中央召开了第一次全国少年儿童工作干部大会。

出席这次会议的有来自全国各地的少年儿童工作干部，还有一些小学校长、教师、辅导员，以及从新疆来的少数民族儿童代表。

在这次大会上，青年团中央少年儿童部部长何礼作了少年儿童队工作报告，青年团中央书记冯文彬作了《培养教育新一代》的报告。

会议期间，党中央的领导人毛泽东、刘少奇、朱德、林伯渠、董必武等同志在怀仁堂接见了与会代表，使与会者与全国少年儿童干部受到了很大的鼓舞。

这次会议着重解决了两方面的问题。

一是如何正确坚持和贯彻建队的方针原则和方法，把少年儿童队建好。

对少年儿童队的活动方针，会议强调在学校中，要配合学校进行工作，因为队员的主要任务是好好学习。少年儿童队的工作要在结合正课与不妨害正课的原则下进行。

在工作方法上，强调要从少年儿童的实际出发，反对成人化的做法，不能要求队员进行强度过大、时间过长的劳动或要求他们完成过重的任务等。

在建队步骤上，提出要采取"重点建队，逐步推广"的方针。

会议分析了当时的情况，失学儿童比在学校的多，农村少年儿童比城市的多。许多孩子还要参加劳动，城市里有童工，农村儿童要帮助成年人劳动，绝大多数学校的课程、学制、师资、教学方法还在改进。

新的解放区建团工作刚刚开始，其他地区也不是所有基层都有团的组织。少年儿童工作是一项全新的工作，干部都是新手，这些使少年儿童工作的开展受到了限制。

因此，建队要首先从学校着手，在已经具备团的单位，同时少年儿童有入队要求的单位要建立少年儿童队。会议同时提出要重视小学教师和辅导员的培训工作。

二是如何正确培养少年儿童，使他们成为具有正确的思想意识与革命气质，具有文化科学的基础知识和健康的体魄，即德智体兼备的新社会未来的主人，新中国的优秀儿女。

会议强调要根据儿童的特点、心理、爱好和接受程度，进行具体生动、浅显、明确的思想政治教育。要教育他们互相爱护、互相帮助，有一致的行动，为集体而努力，具有"人人为我，我为人人"的精神。特别要启发他们的自觉、自爱和自尊。

会上还宣布了少年儿童队的标志、队礼和呼号，并解释了意义：

> 少年儿童队的队旗。红色象征革命胜利，五角星代表中国共产党的领导，火炬象征光明。
>
> 红领巾是队员的标志，它代表红旗的一角。
>
> 少年儿童队队礼，行法是五指并紧高举头上。它的意义表示人民利益高于一切。
>
> 少年儿童队的呼号："准备着，为实现共产主义和祖国的伟大事业而奋斗！"回答："时刻准备着！"

会议作出这些规定，是为了培养少年儿童的组织性、纪律性和对集体的崇高的感情。

在这次大会上，我国文学大师郭沫若向全国的文学艺术界发出呼吁：少年儿童时代是人的春天，我们应在春天抢着来播种，加强少年儿童工作。文艺工作者一定要大量地创作少年儿童阅读的文学作品。郭老自己率先为中国少年儿童创作了中国少年儿童队的队歌。

接着秦牧的《小燕子万里飞行记》、张天翼的《罗文应的故事》，高士其的科普读物、袁鹰的儿童诗、贺宜和金近的童话、刘饶民的儿歌，还有儿童电影《祖国的花朵》、任溶溶翻译的《一年级小学生》等等，大量儿童文学作品出现，活跃了广大少年儿童的生活。

1950 年 4 月 27 日，会议顺利结束。与会者佩戴着红领巾，高唱队歌，举行了授旗仪式。

从此，中国少年儿童队有了一套较为完整的制度，也有了自己的标志——红领巾。

关于红领巾的来历，还有一段故事。

1917 年，伟大的革命导师列宁领导人民在沙皇俄国夺得了革命胜利。

1922 年 2 月 13 日，世界上第一个由工人阶级政党领导的少先队组织，在苏联莫斯科诞生了。

刚成立的少先队，没有特殊的标志。那时候饥饿、困难正威胁着苏联人民，根本考虑不到少先队的标志问题。列宁的夫人克鲁普斯卡娅十分关心下一代的成长，建议共青团给少先队员们设计一种特有的标志。

在一次接受新队员的大会上，来参加会议的先进女工把自己的红色三角头巾解下来系在了少先队员的脖子上，勉励他们说："戴着它，别玷污了它！它的颜色是同革命战旗一样的！"红领巾就这样诞生了。

第一次全国少年儿童工作干部大会是新中国成立后第一次少年儿童工作干部的专业会议，它对总结建队初期的工作，进一步明确建队的方针原则，推动少年儿童工作的开展，有着深远的意义。

少年儿童队支援抗美援朝

1952年，在全国各地，少年儿童队开展的慰问军烈属的"一件事运动"正在轰轰烈烈地进行。

参加这次活动的共有83万名中国少年儿童。

"一件事运动"，是为了响应抗美援朝总会、青年团中央、中央教育部、新闻总署广播事业局的号召而进行的。

1953年的春节前夕，在全国各地，不论是下雪还是刮风，都没能阻止孩子们前进的步伐。

孩子们经常打着队旗去为军烈属服务，他们为军烈属抬水劈柴，打扫庭院，糊窗户纸，贴年画，送光荣灯和慰问品，表演节目。

"一件事运动"既安慰了军烈属，也鼓舞了前方战士。

许多前线的战士来信都提到了"一件事运动"，战士们感动地说：

> 咱们祖国人民真可爱，10来岁的小朋友都参加抗美援朝了，还怕打不败美国鬼子吗？

一些队组织还与烈军属建立了经常联系，出现了像沈阳市惠工小学的拥军优属和西安市师范附属小学为军烈属服务的好榜样。

中国少年儿童队支援中国人民志愿军抗美援朝的活动，是与中国人民抗美援朝运动同步进行的。

新中国成立初期，我们国家面临着重重困难和复杂的斗争。中国共产党根据当时的情况领导全国人民开展了抗美援朝、土地改革、镇压反革命三大运动。

支援抗美援朝活动，是中国少年儿童队在新中国成立初期的主要活动之一。

为了更好地支援抗美援朝运动，中国少年儿童队开展了一系列的活动。

少年儿童队在各地开展了读报活动，参观了美帝国主义侵华史展览会，还参加了归国志愿军代表团和祖国慰问志愿军代表团的报告会。

少年儿童队还开展了"讲援朝志愿军打击美国侵略军的故事"的活动，举行了"祖国，我爱你""中朝人民是兄弟"的主题队会等活动。

这一系列活动，使中国少年儿童懂得了抗美援朝的伟大意义，懂得了美帝国主义是纸老虎，只要中朝人民团结起来，就能打败美帝国主义的道理。

为了学习志愿军的英雄事迹，许多少年儿童队开展了以学习战斗英雄黄继光，遵守纪律的模范邱少云，国际主义战士罗盛教为主题的队会，还组织了与志愿军连队建立通信联系的活动。

在学习英雄们的活动中，涌现出一系列的好人好事。有在大水里救人的上海市少年儿童队队员包全发，有生活在图们江畔勇救同学的少年儿童队队员石贞子等。

这些先进的少年儿童队队员是国际主义战士罗盛教英雄事迹的活学活用者。他们英勇救人的故事，传遍了全国。

下面先看少年儿童队队员包全发的故事。

少年儿童队队员包全发当时上小学五年级，黑黝黝的脸，矮小的个子。

包全发虽然个子矮小，却是打篮球、踢足球的健将，打乒乓球的能手。

每天清晨，包全发起来就把家里的牛舍打扫干净，铺上草，自己煮了早饭，吃完饭就上学校打球。

放学后，他也打会儿球，不过时间不长。

回到家里，放下书包，包全发就拿了镰刀去割草，割上几十斤，才回家吃晚饭。

不论放学晚了还是下雨了，他都去割草，从不让家里的两头牛挨饿。

星期天，包全发就跟着哥哥下地干活，有时候捉些小螃蟹，拿到镇上换了钱买学习用品。

要是学校里大扫除，包全发准带头。到井边打水，抬水，爬高擦玻璃，他都做得又快又干净，还做得很高兴。

有一天，雨下得非常大，可偏偏学校里通小河的一条阴沟堵住了，教室门口积满了水。

大大小小的孩子都来光着脚玩水，玩得浑身都是泥和水，有几个低年级的孩子竟滑倒在水里。

老师们一面忙着照顾低年级的孩子，一面动手挖沟，让积水能快些退出去。

这时刚从外面跑进来的包全发看到了这情况，立刻把袖子裤脚一卷，招呼自己一班的同学一同帮助老师拆路修阴沟。

人多力量大，一会儿工夫，包全发他们不但把路面下的阴沟修通了，还把10多米的路面也铺好了。他们边做着，还边唱着歌呢！

在包全发读完五年级的那一年暑假，雨水特别多，好多地方都发了大水。

包全发的家乡，因为靠近海边，涨潮的时候，水就更大。

在包全发家的左边有一条小河，看上去这河很小，可是它弯弯曲曲地一直通到黄浦江。

在他们家的一边，因为地势低，连房间里也灌满了水。

小河上的小木桥也趁着水势浮了起来，在水里漂着。

幸好他们这一村种的田，都在小河的另一面，地势比较高，才没被淹。

这一天，水略略退了些，包全发卷高了裤腿，下水捉鱼去了。

包全发的邻居包关林，急着要到地里去看看庄稼，想摘些茄子、黄瓜什么的，上镇去卖。

包关林准备用荡在水面上的那块小木桥板，当小船撑过去。

庄稼人谁不爱自己的庄稼？

因此关林嫂和另外一个叫陆秀英的妇女也乘上了，才10岁的全发的妹妹龙妹也乘上了"小船"。

她们都准备去看看庄稼，顺便摘些瓜和菜回来。四个人从家门口的台阶跨上了"小船"。

哪知道，"船"小人多，才撑到河心，小船就有些下沉，不会游水的关林嫂和陆秀英，心里着了慌。

"啊呀，我的鞋湿了！"

"嗳，我的裤脚浸上水啦！"

"我怕，我怕！"10岁的龙妹也嚷起来了。

这么叽叽喳喳一嚷，包关林也着了慌。他一看人多"船"小，为了减轻"小船"的负担，就一使劲跳上了对岸。

谁知他这么使劲一跳，"小船"翻了，"小船"上的三个人全都给压在"小船"下，困在水里了。

"救命啊！"

"救命啊！"

站在屋门口看他们坐"船"的人都叫了起来。秀英的婆婆急得又是哭又是叫。

最糟糕的是当场除了跳在对岸、还浸湿了半个身子的包关林以外，没有一个年轻力壮的小伙子，更没有一个会水的人。

再加上河水又急，大家急得乱成一团。

正在捉鱼的包全发听见了，他想起平日老师讲过的罗盛教不怕牺牲救朝鲜小朋友的故事，想起了红领巾。

包全发一甩手，丢了已经捉在手里的鱼，衣服也没脱，就跳进水去。

包全发游到河心，推开了桥板。

包全发先把年纪最小的龙妹拖上了岸，又把 20 多岁的陆秀英横拖直拉的，也给拉上了岸。

这时关林嫂也被关林哥救上了岸。

大家又忙着让她们三个人换衣裳喝姜汤，才使又惊又怕浑身哆嗦的三个人定下心来，脸色也由死灰变得红润了些。

看到这个情景，大家才放了心。

"幸亏全发，要不然，至少那个小的是没命了。"

大家就这么讲开了。

暑假后，开学了，六年级甲班的孩子们，在第一天的下午就进行了"汇报会"，老师要大家谈谈假期的生活。

包全发也没谈起救人这事，他早忘了这回事。

会后，老师要小朋友找他去。

"老师找我去有什么事？大概是叮嘱我：新学期开始了，升六年级了，得好好努力啦。嗯，我是该更努力啦。"

全发这样想着，很快就到了老师办公室里。

"全发，你在暑假里跳水救人了没有？汇报会时，你怎么不说啊？"

原来是同学包凤珍向老师报告了这件事，老师怀着兴奋的心情，找包全发来问。

"这是一点小事。我会游泳，应该救她们起来。"全发微笑着不好意思地轻声回答了老师。

这就是少年儿童队队员包全发的故事。包全发的英雄行为，是向英勇救人的中国人民志愿军罗盛教学习的结果，后来他受到了学校表扬。

他的事迹影响了其他无数少年儿童队队员更积极地向英勇的中国人民志愿军学习。

毛主席的好孩子少年儿童队队员石贞子的英雄事迹也感动了无数的少年儿童。

石贞子是一个 10 来岁的小女孩，却在冰雪封河的寒冬从河里救出了好几个同学。

石贞子出生在贫农的家庭里。爸爸石永岩是一个老实厚道的农民，在旧社会，家里一贫如洗，新中国成立后才好起来。

石永岩不仅自己劳动好，关心队里的财产，还经常教育孩子要劳动，要关心别人。

贞子就是这样长大的。9 岁上学念书，加入了少年儿童队。她爱听英雄人物的故事，也愿意把听到的向别人讲。

贞子在低年级的时候，就常常背上走不动的小同学上学，或者在冬天把自己的手套借给别人戴。对汉族小同学她更加爱护。

当稍稍长大了一些的时候，贞子就常受屯里人委托，从五里远的学校附近的供销社顺路捎买东西。

这些年来，不管是大件还是小件，也不管是轻的还是重的，贞子从来没有推托过，也没有出过差错。

文明淑的孩子缺奶，要月月从供销社往回买糖，几乎全是由贞子顺路代买的。

有些人或许要想：哪个孩子不喜欢吃糖呢，常年让贞子捎糖，有时吃上一点点，这是难免的吧！但贞子一次也没有吃过。

有时，在路上遇到下雨，她就把糖包放在书包里，或者放在衣服里，不让雨淋着。

像这样的事情，不是一家两家，而是全屯的大部分人家；也不是一次两次，而是百次或几百次。

这些，在全屯人的心中，留下了很深的印象。

人们赞美贞子办事叫人放心，更赞美她乐于助人的精神。贞子的爸爸和妈妈听到别人夸自己的孩子，也格外高兴。

有时，他们和贞子开玩笑说："贞子，你天天顺路给别人捎东西，人家能给你一块糖吃吗？"

贞子瞅着爸爸妈妈说："革命先烈为人民办了多少好事，也没要一点什么，我捎一点东西，还吃什么糖呢！"

是的，许许多多英雄们动人的事迹，在贞子的身上，已经变成了一种无形的力量。

石贞子曾经无数次被黄继光、罗盛教等人的事迹感动得睡不好觉，在心里默默地把他们树为自己的榜样，决心要向他们学习，成为他们那样的人。

石贞子救人的事发生在一个冬天。

那是一个冰封的时节。滚滚的图们江水，已经结冰。

这天，气温下降到零下 25 摄氏度，是入冬以来最冷的一天。

15 时，和龙县芦果人民公社农业中学的一些女同学，在排练完节目后放学了。

从学校通往梨树四队的一条傍山临江的小路上，走着 4 名少年儿童队队员，她们是二年级的 16 岁学生石贞子，一年级的 15 岁学生南水今、金松竹和韩顺子。

她们想着即将到来的节日，想着刚刚排练的节目，想着元旦的演出，嬉笑着，打闹着，高兴地走着。

走了一里多路，就没路了，她们沿着刚刚封冻的江边走。

夏天，这里没有路，只有年年冰封的时候，才有人到这里走，因为走这条路近些。今天天气冷，风又大，谁不想走近路呢。

冰路已被引到峭壁下面。这里，脚下是冰，稍远处就是滚滚的江水。

这些在江边长大的孩子是不怕水的。可现在是严冬，却要十分小心。

　　她们慢慢走着，贞子的鞋带开了，她弯腰系鞋带。这时，只听"咔嚓"一声，贞子赶紧抬头，同学都不见了，耳边只听高一声、低一声地喊着：

　　"贞子！贞子！贞子！……"

　　江水翻着浪花，落水的同学，正拼命地挣扎。

　　这时，贞子发现她们了。

　　在这紧急关头贞子该怎么办呢？哭，她不能哭；喊，在这样的冷天，又是夕阳西下的时候，有谁能听见呢？跑，虽然离屯子只有 500 米，但跑去再跑回来，也需要时间，何况又隔着半个山呢。

　　伙伴们熟悉的面孔、求救的目光、急促的呼救声，使贞子一步也不想离开。现在，贞子只有一个念头：要救出这些伙伴。

　　冰路已经塌陷，身旁又是峭壁，伙伴又被冲出很远，用什么办法才能救她们呢？可情况紧急，不允许贞子作更多的思考。

　　贞子心里像一团火，她迅速地向靠近陡壁的一个半米高的石崖上爬去。

　　贞子艰难地爬着，爬着，按照一般成年人的经验，抢救落水人，要先设法保住自己。这样，即使救不出来，也不致被拉下水去。

　　可是，贞子根本不懂，也没时间思考。

　　贞子爬上石崖，然后又从另一面下来，踏上没塌下的冰，挨近南水今就用手往上拉。

一个冰上，一个水下，冰上打滑，水下又沉，怎么拉也拉不上来！

就在这个时候，贞子脚下一滑，身不由己地往前移动。

怕吗？贞子一点也没有怕，她沉住气，把按在冰上的一只手又抽出来，身子往后退了退，脚在冰上又踢又蹬，继续往上拉，终于把水今救了上来。

水下刺骨冰凉，冰上寒风刺骨。

水今刚被拉上来，就冻成了冰棍，衣服全硬了，浑身打战。

贞子急促地喊着："水今！快，快回屯送信去……"

在水里的顺子也无力地喊着："快，快点告诉我爹来救我……"

水今是多么想跑啊！可是，她的两条腿已是硬邦邦的了，就是走，还不时地摔跟头，怎么能快呢！

等吗？一分钟也不能等。"时间就是生命"，这时的每一分钟比万两黄金还可贵呀！

贞子跪在冰上，身体向前倾，用手拉松竹。

松竹不住地抓着漂流的冰块，一块下沉了，再抓另一块，设法靠近贞子。

然而，浸水的棉衣，冲击着的江水，就像在死死地拖着她一样，让她身不由己，不能和贞子靠近。

贞子一点一点地往前挪动着身子，大衣已经沾水，不知什么时候兜里的东西也溜进了水里。

这时，危险不仅在逼近松竹，也在逼近贞子，可是贞子怎么能顾得了这么多呢！

由于贞子往前移动了许多，有一只手拉住了松竹的一个衣角，她边拉边喊："快，快转过身来！"

这只手，给松竹增添了力量，她艰难地转着身子。贞子拉住了松竹的前衣襟，拉呀，拉呀，尽管脚下的冰发出"咔咔"的响声，但终于把松竹救了上来！

黄昏，已在不知不觉中降临。两岸的群山，被罩上了一层暮色。江水，像要非吞掉顺子不可，把她冲得更远了。

这时，什么冷啊、累啊、饿啊，都失去了作用。贞子胸前的红领巾和冰水相映，闪烁着红光。

贞子只有一个想法：救人。就是自己淹死，也要把顺子救上来！因为顺子被冲得太远，贞子怎么也够不着她了。

贞子急中生智，把松竹的围巾解下来，甩到江里，但还是够不着。

就在这九死一生的紧急关头，贞子把大衣扣解开了。她想：大衣，比围巾长，扔下去，也许能够得着；如果再够不着，我就跳下去！

"不能跳啊！不能跳啊"，不知什么时候，从对岸疾驶的火车上，跳下来两个年轻人。他们发现江里有人，又看出贞子要跳水救人，边跑边喊着。

这两个人，就是朝鲜民主主义人民共和国公民金衡浩和崔尚铉，他们奋不顾身一起跳进冰冷的江水中，把顺子救上岸，虽然她已昏迷不醒，但终于活过来了。

贞子，这个见义勇为的孩子哭了。这泪水既是出于对恩人的感激，也是为顺子得救而高兴。

一个个亲切的面孔、一双双赞美的目光，端详着这个冒险救人的小姑娘。有的同学家长还特地到贞子家来慰问。

只有贞子的父亲，对贞子没设法把顺子救上来，表示不大满意。

贞子刚进屋，父亲关切而又责备地问："贞子，你为什么不快点把顺子救上来呢？"贞子没吱声，放下书包，就到顺子家去了。

顺子三岁那年妈妈去世，是爹爹一手拉扯长大的。他老人家晚年是无法再承受失去爱女之痛的！

贞子知道爸爸的心情，也知道爸爸这话的分量，她从心眼里感谢金衡浩、崔尚铉哥哥。

贞子不想吃也不想喝，坐也坐不下。她一会儿到这个同学家去看看，一会儿再到另一个同学家去看看，当把三个同学都看过一遍，已经半夜了。

人们想着贞子冒险救同学的事迹，再联想到她过去乐于助人的行为，大家都认为：贞子是一个好孩子，看同学们落水，她不会不救！

贞子就是这样，当人们问她为什么不怕危险抢救别人的时候，她说："谁能见死不救呢！她们是我的同学，我又是个红领巾，还有什么可说的呢！"

事情发生以后，很快就在全县人民和青少年中传开了。公社团委根据她的多次要求，决定批准她加入青年团。

团县委召开了青少年大会，学习石贞子的动人事迹和高尚的共产主义品质。

中国共产主义青年团延边朝鲜族自治州委员会授予石贞子优秀少年儿童队队员的称号，团省委决定给予表扬并发给奖状，在全省青少年中开展学习石贞子的活动。

少年儿童队队员们除了学习中国人民志愿军危险关头不怕牺牲，勇敢救人的精神，更多的是把中国人民志愿军的精神转化成了学习的动力，用在了自己的日常生活中。

上海市有个叫朱学方的少年儿童队队员自觉将志愿军遵守纪律的精神用于自己的学习之中，取得了很好的效果，成了知识的小主人。

1952 年秋天，朱学方从宁波老家来到了上海的表哥家里。

朱学方是来考中学的，表哥对他说："我已打听过了，再过几天，晓光中学要招生，你可以去报考。"

朱学方刚到上海，对什么事都感到新奇，心里虽想到各处去逛逛，可是考试要紧哪！他只得压制着强烈的好奇心，在表哥家里准备功课。

考试以后不久，朱学方接到了被录取的通知，他欢喜得跳起来了。

朱学方想："可不能像在小学那样贪玩了，来时妈妈还说，'学方呀！在上海可要好好地学，不要让妈操心，你知道，要不是你表哥帮助我们，你可上不了中学呀'！"

是的，如果没有表哥的帮助，朱学方是很难去上海读中学的。

现在朱学方的脑子里只盘旋着一个简单的念头："我一定要好好学习，要不就对不起妈妈，也对不起表哥。"

抱着这个念头，朱学方走进了晓光中学。

朱学方刚到学校的时候，人很小，班里全是新同学，处处都感到陌生，所以很老实，上课听讲也安静。

可日子一长，就和临近的同学混熟了，话也多起来，思想也慢慢地开小差了。

有一次上语文课，老师提出了一个问题，他就用胳膊捣捣邻座的王大鸿说："发表意见呀，伟大的文学家！"逗得附近的同学都笑了起来。老师也不知他们玩的什么把戏。

在一堂课上，朱学方想起了在街上看到的法院的判决书，于是，就和几个同学开起了"审判会"。

大家你一句我一句悄悄地起草了"判决书"。这一堂课只开了这样一个"审判会"就溜过去了。

思想像一匹野马，只要你稍微放松一下，它就会任性地奔驰，再也不容易拴住。

朱学方有时对老师讲的功课，暗暗地发表点意见，有时就干脆东拉西扯。在课堂上，他不能很好地听讲了。

可是，放学以后，朱学方回到家里，看看表哥表姐们各人有各人的事，都安静地工作或学习，就不好意思。

他对上海不熟，不知道去哪里玩，也就只好勉强地坐下来复习功课。

第一学年就这样过去了，考试成绩虽然还不坏，但到底为什么学习呢？用他自己的话说："这一年'莫名其妙'地过去了。"

1953 年 10 月 28 日，朱学方那一班开班会，讲了邱少云的故事。

这一天，一进会场，朱学方就看到后墙上的两大幅画，一幅画着烟火中的邱少云烈士，一幅画着一个英勇的志愿军，上面写着："向邱少云烈士学习！"

到这里开班会的人，都会感到一种严肃的气氛。会上，由郑以海同学讲了邱少云烈士的英雄事迹。

郑以海，高高的个子。他用悲壮的、激昂的语句，叙述了邱少云烈士牺牲的经过。

然后就是同学们自由讨论。大家都在说："当大火烧着邱少云烈士的时候，难道他不疼吗？他情愿牺牲自己也不暴露目标，究竟是为了什么呢？"

朱学方觉得："我们平时被火灼伤了一块皮肤，都火辣辣地受不了，更何况整个身体浸在火海里呢。身体是肉长的，哪能不疼呢。"

由此，朱学方懂得了邱少云烈士牺牲自己不暴露目标，正是为了赢得战斗的胜利，祖国的安全，世界的和平，他是为了祖国啊！

朱学方又想："向邱少云烈士学习，就一定要把学习搞好，他是为了祖国才献出了生命的，我的学习也不能只是为自己、表哥和妈妈啊。

"邱少云烈士能够遵守战斗纪律，我难道连学习纪律都不能遵守吗？我连在上课时不讲话都做不到吗？不，我能够！"

这次班会在"雄赳赳气昂昂"的歌声中结束了，班里掀起了向英雄学习的高潮。

第二天，班上就呈现了一片新气象，一位教英文的老师感动地说："我给晓光教课，这是秩序最好的一次！"

就在开过班会的第三天，校领导正式命名朱学方那一班为"邱少云班"。

教导主任还把一面红色的锦旗授给了他们，锦旗上写着："向邱少云烈士学习，做到毛主席指示的三好！"

放学后，朱学方带着满心的激动和愉快回到了家里。晚上，他想来想去，好久都不能入睡。

朱学方想："我已经是'邱少云班'的学生了，那就决不能玷污了英雄的名字，决不能给集体丢脸！"这就是朱学方的决心。

第二天一早，他就把这决心写在了墙报上："我保证学习邱少云烈士的高贵品质，做到毛主席指示的三好，做个真正的邱少云式的学生！"

1954 年 6 月的一天，朱学方听了模范团员况圆珠介绍学习经验的报告。

朱学方觉得况圆珠真行，她工作那么忙，还能学习得那么好，这真是奇迹，可回过头来看看自己的学习，他很惭愧，自己过去的学习太马虎了。

况圆珠的学习方法，是不能硬用在自己的学习上的，自己必须创造一套方法！

不久，在朱学方的书桌里就出现了一张课余时间支配表：下午 15 时到 17 时外出活动，做社会工作，晚 19 时到 21 时 30 分进行自学。

但是，学习好的关键，却还是要在课堂上不乱讲话，集中精力，专心听讲。

在历史课上，老师讲李自成的故事，朱学方的心就随着老师的话，仿佛参加了当年的农民起义，他自己在李自成的指挥下，冲锋陷阵。当老师讲到李自成的失败时，他又深深地惋惜。

老师讲的知识，已经在他脑子里扎根了。

老师讲过的功课，朱学方都当天复习，从不拖延。他把学习安排得井井有条。

学习中，谁都会碰到些困难，朱学方也这样。每当这时候，他总是复习一遍老师讲过的原理和例题，然后再来思考。

实在想不通的时候，那就向人请教。向老师，向同学，向表哥，只要谁能解答，那就向谁请教。

有一次，他和郭维尧同学到文具店买图钉，他看到一大瓶一大瓶的墨水就问："这瓶上的橡皮管开了以后，为什么会有墨水流出来呢？"

这一下可把郭维尧难住了，朱学方不慌不忙地说："你忘啦，初二的物理课上不是学过吗？这就是阿基米德原理。"

有不少同学是害怕考试的，可朱学方说："考试是向祖国汇报学习成绩，只要平时做好复习工作，考试就不会紧张了。"

事实也的确这样，每逢考试，朱学方总是不慌不忙，胸有成竹。

朱学方已经牢固地掌握了老师所教的知识。就这样，朱学方在向知识进军的道路上，打了胜仗。

后来，朱学方受到了学校的表扬。朱学方就是这样将志愿军遵守纪律的精神用在了学习上，并取得优异成绩的。

朱学方遵守纪律，努力学习的精神，赢得了同学们的尊重，他也成了许多少年儿童学习的榜样。

在支持抗美援朝，组织与志愿军连队建立通信联系的活动中，许多少年儿童队员还直接与赴朝中国人民志愿军通信交往。

单北京师大女附中一个学校和志愿军的来往信件就达到一万多封。

志愿军杨连第英雄连队还托第二届赴朝慰问团，给师大女附中的同学带来了两件珍贵的礼品。

一件是用缴获的美国降落伞做成的锦旗，上面写着："勤于学习，将来献身于祖国"。

另一件是用击落的美军飞机上的铝片制作成的三角板。

同学们深受感动，他们说："这是用鲜血换来的，我们要珍惜这些礼品。"

一到新年或其他节日，孩子们纷纷给前线战士写信，寄贺年片，报告学习和思想情况。

志愿军的许多英雄连队，如上甘岭英雄连，天德山英雄连，郭忠田英雄连也经常给孩子们写信，发贺年电，报告他们击败美军的战绩。

在捐献飞机大炮运动中，孩子们表现了极大的热情，他们收集废钢烂铁、采集药材、打柴割草、节约零花钱，用劳动所得，捐献"红领巾"号飞机。

1951年6月到1952年5月，全国人民捐献的战斗机中，有两架是少年儿童捐献的。

北京市育英学校，即现在的北京市二十五中。他们学校的少年儿童队员为了抗美援朝，捐献了一支"少年"号冲锋枪。

育英学校的少年儿童队员请朝鲜驻我国大使把冲锋枪转交给金日成将军，金日成将军又把冲锋枪送给了朝鲜人民军的一位英雄，并给队员们写了回信。

同学们看到回信，非常感动，深受鼓舞。

1952 年，中国人民志愿军第一批归国代表团回到祖国。所到之处，受到少年儿童的热烈欢迎，他们以各种方式，表现了对志愿军的热爱。

据统计，全国少年儿童队员共赠给代表团一万多条红领巾。

这些红领巾被带到了前线，战士们握着红领巾，禁不住流下热泪，他们庄严地宣誓：

为了保卫祖国年轻一代的幸福生活，我们要狠狠地消灭敌人。

通过支援抗美援朝的活动，通过学习人民志愿军英雄事迹，儿童队员更加了解了中国，了解了世界，懂得了什么是正义，什么是罪恶。

在这一系列活动中，中国少年儿童队更加健康自信地成长起来。

少年儿童队参加镇压反革命运动

1950 年冬天，在全国范围内开展的镇压反革命运动正在轰轰烈烈地进行。

运动打击的重点对象是土匪、特务、恶霸、反动会道门头子和反动党团骨干。

在镇压反革命活动中，少年儿童队员们通过读报和讨论，知道了国民党反动派虽然从大陆被赶了出去，可是，暗藏的反革命分子还在伺机进行破坏活动，一定要擦亮眼睛，提高警惕。

天津市一区中心小学胡承志和何永森等 7 个少年机智地帮助派出所逮捕了两个反革命分子；北京市少年儿童队员何如理，经过跟踪侦查，抓住了在墙上写反动标语的反动分子。

下面我们看一下天津市 7 个少年智擒两个反革命分子的事。

1951 年 5 月 6 日，这是一个晴朗的日子。16 时，在天津市罗斯福中心公园的一个僻静角落，第一区中心小学三年级学生胡承志和同学何永森，看见有两个人在鬼鬼祟祟地低声谈话。

10 岁的胡承志装着做游戏慢慢地靠近了他们。他看见其中一个家伙肤色黑黄，过早地发了胖，门楼头，圆合脸，单眼皮，肉眼泡有点外凸，鼻子像个蒜瓣，实在是难看。

"今天晚上你就去干。"这个家伙对另一个矮个子说。

矮个子长着一双小小的眼睛，黄色的玻璃似的眼珠不停地转动着，目光透露着奸诈。

胡承志和何永森一走近，这两个家伙就用眼瞪他们。

胡承志想：这两个家伙恐怕是特务。后来，这两个家伙向外走了，偏巧何永森上厕所去了，胡承志顾不得叫他，就随着这两个家伙走了出去。

跟了一会儿，胡承志想到自己是一个小孩子，怕对付不了他们；报告警察吧，抓错了怎么办？于是，他只好回了家。

回到家，胡承志没有告诉父母他发现的事。夜里他翻来覆去睡不着觉，想起老师常常讲起特务的可恨，想起奶奶常说的一家亲戚 10 口人被特务杀害了 9 口的事，又想起《少年儿童》刊物上画的骑自行车捉特务的英雄。

他决定明天再去，说不定那两个家伙还会在那里开会。这时他又想起班长程绍贵比他大三岁，主意最多，杨春生跑得最快。让程绍贵出主意，杨春生去报告，特务准跑不了。

第二天下午放学时，胡承志便把这件事告诉了程绍贵和杨春生。

胡承志要马上去，程绍贵说："俞老师不是讲过'做事要有计划'吗？我们还是先打算一下好。"

于是三个人又回到教室开了一个会，决定一个人把门，两个人在墙外听。

并且规定了暗号：伸一个指头是没有事，伸三个指头是快来人，伸拳头是赶快集合，一摆手是快去报告公安派出所。

路上，他们又遇见4个同学：刘钟棋、赵克源、司幼光、李作。程绍贵便把这件事告诉了他们，他们都要一起去。

胡承志知道赵克源嗓门大，就说："甭去这么多人，吓跑了更坏。"程绍贵说："团结起来力量大，人多好办事。"7个人就一起来到了公园。

巧得很，昨天的两个家伙正在那里嘀咕着，这时有个人就要往派出所去报告。程绍贵拦住他说："捉特务要准、要稳。也别让他跑掉，听听再说。"

7个人按计划散开了，两个守门，两个侦查，三个在附近监视。

这两个家伙背靠的墙是有空隙的花墙。胡承志隐蔽在围墙外，只听那个年老的"肉眼泡"对年轻的矮个子说：

"找×××一块去放火。"

"买一些毒药，到×××村去放毒。"

后来又看"肉眼泡"手里拿着一沓钞票说："先给你100万当本，办完事还有你的好处。"又说："怕啥！今天晚上就去干，干好了多给你钱，你要不做，可得小心，枪可在我手里！"

为了进一步试探，司幼光、杨春生唱起"防特歌"来，那两个家伙直用眼瞪他们。

这时，胡承志也绕回来了，他想了想，就索性走到那个"肉眼泡"的跟前说："同志！我们不知道抗美援朝是怎么回事？朝鲜战局怎样，你给我们讲讲好吗？"

"肉眼泡"向四处望了望，说："过来，我告诉你！"

他龇龇牙，小声说："志愿军都退了，联合国军队都快打到鸭绿江边上来了！"

"啊，真的吗？"胡承志用眼瞟了瞟赵克源，赵克源一摆手，刘钟棋马上向派出所跑去。

隔了一会儿，"肉眼泡"起来拍了拍屁股要走。孩子们看到公安人员还没赶到，急得不得了，就在后面跟着一步也不敢放松。

刘钟棋还没跑到派出所，正好遇到一位公安人员，就赶快报告了。

这两个企图放火投毒的反革命分子，就这样被捕了。他们就是一贯道点传师王金龙和他的徒弟沈子哲。

经公安机关详细调查取证，王金龙和沈子哲罪行累累，不久被人民政府依法处决。

在支援镇压反革命运动中，许多地方都出现了少年儿童协助公安部门发现和逮捕反革命分子的事情。

通过镇压反革命运动，更重要的是使少年儿童从小懂得爱憎分明，站稳立场，培养了他们热爱人民，仇恨敌人的思想感情。

在这次活动中，还出现了少年儿童队员不徇私情，主动举报亲人的事情。少年儿童队员郭琼芳就是其中的一个。

郭琼芳婶婶的父亲何树文，是人人痛恨的恶霸特务。

新中国成立前，何树文当过国民党部队副团长，经常鱼肉人民，还做过土匪的头子；新中国成立后又积极进行反革命活动，是主谋杀害东阳农会主任及民兵的反革命特务分子。

新中国成立前，郭琼芳生活在一个封建地主家庭。有一次，家里为了巴结何树文，叫郭琼芳往返十多公里去请他到家里吃饭。

郭琼芳跑了两次，何树文却板着脸孔说："哼，跑了五六里去吃一顿饭，去告诉你爸，我可没有这么多跑路的鞋子！"结果跑了三趟才用轿子把他抬来了。

为了这事，郭琼芳的母亲狠狠地打了她一顿，说一定是她去请人时"得罪"了人。

这件事，在郭琼芳幼小的心灵里，牢牢地种下了对何树文憎恨的种子和对自己这个家庭的鄙视。

新中国成立后，何树文潜逃到早在杭州居住的郭琼芳家里。鬼鬼祟祟地住下来后，老是早上很早就出去，晚上很晚才回来。还有一些不三不四的坏家伙也经常来找他。

有一次，她听到何树文对她母亲说："国民党回来了，我们就好出头了，我可以当县长。"

一天，有一个从东阳来的泥水匠，在郭家做活，在灶底下暗暗地对郭琼芳说："这家伙原来在你们这里，东阳老百姓正在到处找他算账呢！"

鼓了几次勇气，最后，年幼单纯的郭琼芳对母亲说："恶霸特务坏分子住在我们家里是不好的，我们不应该让他住……"

听到这话的第二天，何树文就悄悄地搬走了。

好几天，郭琼芳一直想着这样一个问题："他逃到哪里去了呢？"

在少年儿童队里她把这个问题提了出来，少年儿童队辅导员对她说："如果他是特务，不管是什么亲戚，都应当去公安局报告，把他抓起来，为人民除害。"

有一天，郭琼芳的乳母到她家中来，偶然说起郭琼芳姨母家里住着一个身材高高的人。

郭琼芳想：这会不会是何树文，真的是他吗？是这个坏蛋吗？

于是她一声不响地从城水沟巷的家里跑到下城的耶稣堂弄，到她姨母家里一看，一切都明白了，正是这个坏蛋！他还坐在椅子上抽烟呢！

姨母要留郭琼芳吃中饭，她怕来不及了，便说："还要读书去！"就一口气跑到派出所去报告。

值班公安问道："你怎么知道他是特务呢？"

"他是我的亲戚，我晓得的！"

值班同志又故意问道："是你亲戚，你为什么要告发他？"

"他是祸害人民的特务，他是我们的敌人！"

于是，这个万恶的匪特就在英勇可爱的郭琼芳的检举告发下落网了，并于1951年1月被押到东阳，在东阳人民的面前伏了法。

在支援镇压反革命运动中，还有在新中国成立前就参加了儿童队的优秀队员。浙江省少年儿童队员林森火是其中的典型，他为帮助中国人民解放军镇压残匪而献出了幼小的生命。

林森火是在党的关怀下成长起来的好孩子。

林森火从小就树立了要"消灭天下不平事"的思想。

1934年，林森火出生。几年后，森火背上了书包，进了学堂。

一天中午，秋雨潇潇，寒气袭人。森火放学回到家里。

满面愁容的妈妈，正坐在屋子门口织着渔网。不用问，森火已经明白了。今天中午又得饿肚子了。

这种情况在森火家里是经常出现的。

妈妈不忍心抬头看到儿子失望的神情。她实在拿不出一粒粮食来给儿子充饥。她知道，连早饭也没吃就去上学的儿子，这时候多么需要喝上一碗稀粥啊。

抱着一线希望，森火悄悄地走到锅边，他幻想着，此时哪怕有一小块干粮，也会使他喜出望外的。

揭开锅盖，他失望了。锅里什么也没有。

"火儿，饿了吧？"妈妈轻轻地问。她走到森火面前，伸手摘下墙上的空米袋，递给他说："火儿，到你爸爸的肉摊上去看看，要是爸爸挣了钱就称回二斤米来。"

有希望吃到米了，森火高兴地戴上草帽，拿起米袋，蹦蹦跳跳地跑出了家门。

街道上行人稀少，生意摊也寥寥无几。是啊，秋风夹着细雨，在这寒气袭人的日子，凡是有一点生活出路的人，也不会出来受罪做生意的。可是，森火的爸爸不出来摆摊，一家人吃什么呢？身上背着一身债，又靠什么来还呢？

森火刚走近爸爸，就见从对面走来两个警察，也来到了肉摊前。

"老总，行行好吧！我昨天赊老板的肉，连本钱还没有清呢，今天是说了许多好话才赊来的。我们一家还要吃饭呀！"

横行霸道的警察还从来没遇到这么不痛快的事儿。其中一个瘦高个冷冷地说："你吃不吃饭与我们有什么关系？"瘦家伙上前就给了森火爸爸一拳，还蛮横地诬陷森火爸爸抬高物价，扰乱市场，要封掉肉摊。

爸爸被逼得实在没有办法，只好把肉递给了警察。

森火愤怒地握紧了小拳头，他暗暗下决心，一定要消灭天下不平事。

后来，林森火通过老师，接近了中国共产党，并成了儿童团员。

那是一个夏日的傍晚，林森火的班主任叶老师给了他一本叫《西行漫记》的书。

三天后，森火去见叶老师。

森火说："看完了，这本书真带劲！共产党、毛主席领导的红军真好，他们专门帮助穷人，二万五千里长征真苦。"

森火激动地拉着叶老师的手说："老师，你也介绍我去参加游击队吧！"

"当游击队，你的年龄还小，如果像解放区的儿童那样，组织个儿童团，为游击队办点事还差不多。"

这一年，只有 13 岁的林森火成了儿童团员。后来，他还做过共产党的地下交通员。

1949 年春天，国民党军队连连败退。玉环县解放了。森火当上了全镇的儿童团长。

全国刚解放时，还有一些残存的敌人不甘心自己的失败，袭击和骚扰村镇的事经常发生。

1950 年 11 月 20 日早晨，森火和同学们走进教室，刚放好课本，准备上课。突然，一声闷雷似的炮声在不远处传来。

"不好，敌人又来骚扰了。"森火有经验地对大家说。

森火赶忙集合儿童团员，按原来的分工，负责把小同学送回家。然后，他一口气跑到镇政府请求任务。当他得知在罗家山打阻击的解放军叔叔正需要子弹时，森火拔腿就朝解放军的营房跑去。

他扛起一箱子弹，随民兵叔叔们一起上了山。

山上双方的战斗正在激烈地进行。

森火的衣服被树枝撕破了，脚上划出了一道道血口。但森火心里只有一个念头，赶快把子弹送上山去。

敌人一次次被击退了，但守在山顶的解放军叔叔的子弹也不多了。狼狈败逃的敌人听到逐渐稀疏下来的枪声，又纷纷掉转回身，端着枪朝山上扑来。

望着蠢蠢欲动的敌人，战士们都上好了刺刀，准备与敌人进行刺刀战。

战场上一片宁静，这是厮杀前的沉静。

"解放军叔叔，子弹来了！"森火气喘吁吁地喊着，并和民兵叔叔一起，把子弹箱放在了叔叔的面前。

喜出望外的解放军装上子弹，朝着已经爬得很近的敌人一阵猛烈的射击。敌人的反扑又被击退了。

山顶危险，在解放军的劝说下，森火下了山。

山上激烈的枪声，声声牵动着森火的心，他一边一步一回头地往山下走，一边想，"再过两年，我也可以参军了，还拿我当小孩子"。

突然，在一个山坳里，他发现了正在忙碌的炊事班。

"不让在山上，在山下帮助解放军叔叔做饭也行，山上的叔叔吃饱饭才能有劲打敌人。对，一回事！"

想到这儿，森火就凑到炉灶前，蹲下来帮助叔叔烧火、抱柴。

"这里危险，快回去吧！"炊事班长对森火说。

"你们不怕，我也不怕。"森火不服气地说着，把一捆柴又放在了灶边。

"轰"一声巨响，一颗炮弹正好落在了灶边。

叔叔们抱起森火，呼喊着：

"森火！森火！……"

森火紧闭双目，没有回答，脸上也没有了他往常的微笑。

班长抱着森火失声痛哭，殷红的鲜血，复仇的泪水交融在一起，湿润了土地……

战斗结束后，全镇军民给林森火开了追悼大会。全县人民在县烈士陵园里，专门为林森火修建了烈士墓。镇上还建立了一个"森火图书馆"。中央人民政府给林森火家颁发了毛泽东签署的革命英雄纪念证。

通过围绕"三大运动"开展活动，通过支援镇压反革命活动，使少年儿童更清醒地认识到当时的国情，培养了他们的英勇精神，教育了中国的新一代少年儿童，促进了新中国少年儿童组织的发展。

开展"三要三不要"活动

1951 年 12 月，中共中央号召在全国县级以上党和国家机关人员中进行了"三反"运动。"三反"运动包括反贪污、反浪费、反官僚主义这三项。

1952 年 1 月，在资本主义工商业中，开展了反对资产阶级行贿、偷税漏税、盗骗国家财产、偷工减料、盗窃经济情报的"五反"运动。

"三反""五反"运动是一场激烈的阶级斗争，也是移风易俗的社会改革运动。

为了使少年儿童在运动中受到教育，青年团中央决定在全国少年儿童队组织中开展"三要三不要"的活动。

"三要三不要"的活动是指：

要爱护公物、要珍惜时间、要艰苦朴素；不要损人利己，不要浪费、不要贪小便宜和拿别人的东西。

在少年儿童队开展"三要三不要"活动中，开展了听报告、读报、做调查、参观访问、举行主题队会等活动。

在这一系列活动中，少年儿童知道了不法资本家在承担国家建设的任务中偷工减料、盗骗国家财产、偷税漏税的丑恶行为。

当了解到不法资本家竟用烂棉花做急救包，用变质的食品做罐头，用发霉的面粉做饼干来坑害志愿军，破坏抗美援朝的罪行时，少年儿童队员们义愤填膺。

通过活动，少年儿童队员们更加深刻地认识到资产阶级不劳而获、唯利是图的本质特征。

与此同时，少年儿童队还组织参观工厂，访问劳动模范。通过这一系列活动，儿童队员了解了工人阶级如何爱护国家财产，如何争分夺秒为国家创造财富，使队员们认识到了工人阶级的优秀品质。

有的学校还举行了反浪费展览会，引导队员成立"小银行"，提倡勤俭节约的好作风；有的组织队员自己动手修补图书和课桌椅，培养队员热爱劳动，爱护公共财物的好品德，并举行了"一分钟的价值"的主题队会，使少年儿童养成爱惜时间的好习惯。

这一系列教育活动，使少年儿童队员们提高了认识，积极投入到"三反""五反"斗争中。

许多少年儿童队员自觉同不法行为作斗争，甚至主动检举自己的亲人，为"三反""五反"斗争作出了特别的贡献。

天津市少年儿童队队员赖渭声就是其中涌现出来的典型。

赖渭声是天津市耀华中学的中国少年儿童队队员。

他主动动员父亲向政府坦白了自己贪污的罪行。

耀华中学少年儿童队队部举行了大队集会，对赖渭声的行为进行表扬。

芜湖市儿童队队员熊秀珍也主动检举揭发了父亲的贪污行为。

熊秀珍是芜湖市花津小学六年级的学生，受到"三要三不要"活动教育以后，想到父亲经常请干部大吃大喝，还送金戒指给她，感到大有问题。

红领巾的责任感促使她向学校检举了父亲，学校也表扬了她，并派了4个队员和她一起去动员父亲坦白。

北京船板胡同小学儿童队员杨东的父母在一个税务机关工作，他们都有一些贪污行为。

杨东的母亲叫她带一封信给刚从乡下回来的父亲，以便串通口供，杨东想到自己是个少年儿童队队员，父母贪污了国家的财产，自己决不能帮助他们。于是，她把信交给了机关领导。

由于"三要三不要"活动要求明确、具体，少年儿童容易做到，取得了较好的教育效果。

活动虽然不强调孩子在斗争中要发挥作用，但事实证明，经过教育，他们也会自觉地在斗争中作出一些有意义的事情来。

少年儿童队给毛主席献花

1953 年"五一"国际劳动节前，经过上级组织层层筛选，9 岁的杨庆林和另外一名叫袁颜湘的少年儿童队员被选中，作为全国少年儿童的代表，"五一"节向毛主席献花。

"五一"节早上，下着蒙蒙细雨。8 时多，一位老师就带着他们两人举着鲜花，向天安门出发。

杨庆林后来回忆说：

　　我记得很多人不断围上来看我们俩，嘴里说："这两个小孩多幸福呀！多光荣呀！"我有些不好意思，低着头跟着老师走。

10 时，游行开始了，"东方红"的音乐在广场的上空响起。广场上所有的人都沸腾起来，那是因为毛泽东走上天安门了。

彭真市长宣布游行开始，两位献花的小朋友跟着队伍往前走，在少年儿童队仪仗队行进到东观礼台位置时，军乐队奏起了中国少年儿童队队歌。

当两位献花的小朋友跟随队伍走到金水桥位置时，老师让他们俩转身去天安门，并嘱咐说："别紧张，路滑，别摔跟头。"

两位献花的小朋友一起兴奋地跑上了天安门，到天安门，都已经气喘吁吁了。这时，人们都欢呼鼓起掌来。

后来杨庆林回忆说：

> 我抬起头，看见毛主席是那么高大、慈祥，正微笑地望着我们。我们把花献给毛主席后，他把我们拉到身旁和他一起观看游行队伍。
>
> 我猛地想起：哎呀，我怎么忘了说"我代表全国少年儿童向您问好"了呢！可能当时是太激动了。这可不行，我这个当代表的连这最重要的话都给忘了。
>
> 于是，我不好意思地拉了下毛主席的袖子，毛主席微笑着俯下身子看着我，我忙说："我代表全中国少年儿童向您问好。"毛主席慈爱地拍拍我的肩膀说："谢谢你们。"我这才松了口气，完成了这个光荣的使命。

当时，天下着小雨，工作人员看毛泽东站得时间长了，就请他到大厅里休息一下。毛泽东总是进去一会儿就出来，只要毛泽东在观礼台上一出现，广场上的游行队伍中就一片欢呼声。人们挥着鲜花，跳着，喊着，欢呼声响彻云霄。

后来，离开天安门城楼时，工作人员又以毛泽东的名义给两位献花的小朋友每人两盒点心。

其实，新中国成立后的五六十年代，每年"五一""十一"都举行盛大的群众游行，每次群众游行，都有少先队员献花的激动场面。

一般都是在少先队队伍行进到天安门城楼金水桥时，由两名少先队员手捧大束鲜花从队伍中跑出来，通过金水桥登上天安门城楼给毛主席献花。

毛泽东是开国领袖，少先队员把鲜花献给毛泽东，表达了全国少年儿童对党、对领袖的崇敬和热爱。

新中国成立后，国庆节少年儿童向毛泽东第一次献花是在1951年。

那是金秋送爽的季节，10月1日这一天，被选中给毛泽东献花的李毅华和张美云小朋友手捧鲜花跑过金水桥，登上天安门城楼，向毛泽东跑去。

两个小朋友又激动又紧张一路小跑，上气不接下气地登上了天安门。李毅华向毛泽东敬了少年儿童队队礼，然后向毛泽东报告：

毛主席您好，我代表北京市的小朋友和全中国的小朋友向您问好！代表全国的各族少年儿童向您问好！我还代表少年儿童队出国代表队向您问好，并且由他们带来外国的小朋友向您问好！

他们把手中的鲜花高高举起献给了毛泽东。毛泽东听了非常高兴地接过鲜花，并用他那宽厚的大手一左一右把两个小朋友揽在怀里。

1952 年国庆庆典时，给毛泽东献花的是严天南和育英学校的李莉莉小朋友。

那是阳光灿烂的一天，毛泽东站在城楼中央，向游行大军挥手致意。

当少年儿童队队伍走到金水桥前的时候，两位小朋友怀抱鲜花，从队伍中跑出来，向天安门城楼奔去。

严天南后来回忆起献花的一幕。他说：

> 给毛主席献了花之后，我们一直站在他的身旁。同时还见到了朱总司令、周总理、彭真市长等领导人。除了朱总司令说话较少外，首长们大都谈笑风生，气氛十分愉快和谐。
>
> 首长们除了问问家常外，还问我们功课多不多？学习好不好？长大了想做什么？记得我当时回答，我将来要参加空军，保卫祖国。毛主席连声说："好！好！要从小立志，好好学习。"周总理风趣地说："总司令，你看，娃娃愿意到你那里去呢！"朱老总慈爱地笑了笑，说："好啊！"总理接着对我说："当空军，除了学习好，身体还要好啊！"

游行队伍最后是体育大军。在轻快有力的乐曲声中，身形矫健的运动员们步伐整齐地走来。他们高呼：

锻炼身体！保卫祖国！锻炼身体！建设祖国！毛主席万岁！

顿时，一片青春的气息溢满广场，城楼上下响起热烈的掌声。

严天南回忆起当时他记忆犹新的一幕对话。他说：

毛主席也有些感动，问我："他们走得好不好？"我当时深受感染，急切地说："真棒！棒极了！比解放军走得还齐呢！"

话一出口，许多领导人哈哈大笑起来，还有一位领导人开了句玩笑："总司令，娃娃说了，他们走得比解放军还整齐呀！"朱老总也笑了。

我登时大窘，脸通红，不知怎么办才好。总理走近一步，说："解放军走正步，整齐威武。运动员齐步走，精神焕发，也很棒，对不对？"算是给我解了围。

少年儿童队的献花活动，是对全中国少年儿童的一种鼓励，表达了新中国领导人对少年儿童的关心和热爱。

同时，通过这个活动，也使全中国的少年儿童懂得了要关心祖国，关心社会主义建设。

二、 社会主义改造时期

● 新民主主义青年团第二次全国代表大会一致通过了把"中国少年儿童队"改名为"中国少年先锋队"。

● 少先队员陈文华说:"锻炼好身体,长大了才能够参加祖国的建设事业。我愿意做人民教师。做一个人民教师,也必须有强健的体格,我怎么能不努力锻炼身体呢?"

● 江苏省宜兴县少先队员的倡议写道:大人们正在轰轰烈烈地搞五年计划,我们也动心了,我们想:我们小孩子,能不能也搞个"小五年计划"?

团中央召开全国儿童会议

1953 年 6 月，青年团中央在北京召开了新民主主义青年团第二次全国代表大会。

这次大会为了更确切地反映少年儿童队的性质、任务和适应少年儿童的愿望，一致通过了把"中国少年儿童队"改名为"中国少年先锋队"。

1953 年 8 月 21 日，青年团中央颁布了《关于"中国少年儿童队"改名为"中国少年先锋队"的说明》。

自 1950 年召开第一次全国少年儿童工作干部大会，到第二次代表大会召开已有 4 年。

为了总结几年来少先队的工作，制定建设时期少年儿童工作的方针与任务，使少先队工作更好地适应新的形势的需要，青年团中央于 1953 年 11 月 2 日至 11 月 10 日在北京召开了第二次全国少年儿童工作会议。

出席这次会议的有全国各地团委的少年儿童工作干部和部分辅导员。

中共中央副主席朱德代表党中央在开幕式上讲了话。青年团中央书记处书记胡克实作了题为《培养社会主义新人》的工作报告，青年团中央书记处书记胡耀邦作了题为《热爱新的一代是共产主义的美德》的总结报告。

此次会议以后，少先队的各种活动蓬勃开展，积极配合学校对少年儿童进行热爱祖国、热爱劳动和集体主义教育。

许多学校普遍组织儿童参观工厂、农业生产合作社；访问劳动模范、先进生产者；开展慰问军烈属活动，参加绿化校园、"为学校做一件好事"等公益劳动。

还开展了许多有助于儿童好好学习、丰富知识的活动，举行"算术世界""抄袭是不良行为"等队会，组织采集标本、制作模型、培植花木、饲养动物等活动。

上海、天津、南京、重庆及河北省的保定、张家口等地还举办了少年儿童科技作品展览会。

许多地方还十分重视儿童读物和报刊工作，半年多来，《中国少年报》发行数已从110万份增加到170万份。

少先队在促进学校丰富儿童生活、开展体育文娱活动方面更为活跃。许多学校组织各种球队、体育小组，举行旅行、军事游戏、体育比赛，有的还组织了"课间10分钟"活动，把课间休息很好地组织了起来。

有的学校组织了合唱队、舞蹈队，还举行了文艺晚会。北京、上海、武汉、西安、南京、昆明、贵阳等市都举行了全市性的儿童文艺会演。

半年来，少先队生活得到充实丰富，使少年儿童在德智体各方面都得到了显著的提高和进步。少先队员的数量也有了增加，已达800多万。

第二次少年儿童工作会议以后，各地少年儿童工作取得了很大进展。但也存在一些问题，其中最为突出的是：少先队的发展过于缓慢；少先队活动贫乏和少年儿童课余生活很不活跃，不能满足少年儿童身心发展的要求。

为了解决上述两个问题，青年团中央于 1955 年 3 月 3 日至 12 日在北京召开了第三次全国少年儿童工作会议。

会上，青年团中央书记处书记胡克实作了题为《为少年先锋队工作的蓬勃开展而斗争》的工作报告。

会议结束时，青年团中央书记处书记胡耀邦作了《把少年儿童带领得更加勇敢活泼些》的讲话。这次会议取得了十分重要的成果。

首先，会议分析了少先队组织发展迟缓的情况与原因，确定了今后少先队组织应采取积极地大量地发展的方针。

我国每年有 1100 多万儿童达到 9 岁，而这几年少先队发展的情况，大体每年只增加 200 多万队员，这样，使许多渴望入队的少年儿童长期被关在少先队的门外，他们思想负担很重，积极性和上进心受到伤害。

有的孩子因为没有戴上红领巾，星期天不愿和父母弟妹去公园，有的少年儿童因长期入不了队就另外自己成立组织，自封"皇帝""元帅"和少先队对立，甚至沾染了不好的习惯。社会人士和家长对少先队发展缓慢也很有意见。

少先队发展迟缓的原因，主要是青年团的组织对少先队缺乏应有的重视，许多干部、辅导员对少先队的性质和任务缺乏明确认识，不能正确认识和对待少年儿童，旧的教育思想还严重存在。

他们不了解少先队是广泛性的少年儿童教育组织，擅自附加了许多入队的条件，把入队手续搞得很繁杂，许多学校要求少年儿童做到学习好、纪律好、品德好、劳动好、群众关系好才能入队。

有的少年儿童即使改正了缺点，还说是"假积极""投机"，还要考验再考验，各地都有少年儿童申请入队好几年，申请了 10 多次还是没有被批准的情况。他们要求孩子"斯文""听话"，认为这才是"好"孩子，而活泼好动的是"坏"孩子，不能入队。

会议认为，少先队的组织发展问题，实质是教育思想问题。会议指出要大力推动少先队的组织发展工作，一定要批判旧的教育思想和观点，宣传正确的教育思想和观点，宣传正确地认识少先队的性质和任务，正确地认识和看待少年儿童。

两次少年儿童工作会议的召开，促进了我国少年先锋队的发展，为以后中国少年儿童组织的前进指明了方向。

中国少先队开展文体活动

1955 年元旦，教育部、青年团中央、全国音乐家协会、中央人民广播电台联合发起"全国各大城市儿童音乐表演会"，全国有 24 个城市，近 20 万少年儿童参加，节目丰富多彩。

有合唱、齐唱、独唱以及各种器乐演奏，大多是中外音乐名家的作品和民间歌曲，也有教师创作的反映儿童生活的作品。

这些活动引起了教师和辅导员对音乐教育的重视，促进了学校改进音乐教学工作。

1955 年 3 月，教育部、青年团中央发出了《关于在全国中、小学开展种植活动的通知》，将种植活动作为进行初识教育和劳动教育的方法，号召中小学学生开展种植和绿化活动。

1955 年 8 月，教育部、青年团中央、总工会、保卫儿童全国委员会、全国科普协会联合举办了全国少年儿童科学技术和工艺作品展览会，展出作品 1009 件，其中有自然地理、物理、生物、工艺等多个种类。展出 20 天，参展群众达 10 万余人。

周恩来、邓颖超、郭沫若等国家领导人和许多专家都来参观了展览。看过后，他们都非常高兴，说这是未来建设社会主义和共产主义的一个保证。青年团中央会后还作了总结，提出今后开展工作的意见。

1955 年 11 月，教育部和青年团中央发出《关于支持全国少年儿童开展"小五年计划"活动的联合指示》，引导少年儿童为祖国的第一个五年计划做一些有益的事情。

1955 年，中国作家协会召开了第十四次理事会，研究和讨论了发展少年儿童文学的问题。

1955 年 11 月 24 日，中国作协邀请在北京的作家和少年儿童文学工作者 50 多人，召开了三天的座谈会，讨论了少年儿童文学创作问题。

中国作协创作委员会主任刘白羽和儿童文学家张天翼都对少年儿童文学创作发表了意见，青年团中央和中国青年出版社代表，介绍了少年儿童的生活、学习和少先队活动的情况，以及读者对少年儿童文学作品的意见。

1955 年 11 月 26 日晚，中国作协和青年团中央联合举行了少年儿童文学晚会。会上 600 多名少年儿童和 50 多位作家见了面。

1956 年 2 月 18 日至 24 日，青年团中央与文化部在北京、天津、上海、沈阳、武汉、广州等 28 个城市举行了儿童电影周。

1956 年 8 月，青年团中央与国家体委、教育部和总工会在青岛市举行了全国第一届少年体育运动大会，推动社会各方面重视少年体育活动，加强体育教育工作，激发广大少年儿童参加体育锻炼的热情和兴趣，培养优秀的少年运动员。

在全国少年儿童积极参加体育运动的活动中，出现了许多先进事迹。上海市少先队员陈文华就是其中的代表。

陈文华的两只手臂一生下来就总是弯曲着，不能伸直。

医生说："伸直是办得到的，开刀。只是直了又不能弯。他天生就没有肘骨。"

陈文华的父亲是恒丰纱厂的炊事员，母亲是家庭妇女。陈文华在家里是最大的一个孩子，下面还有几个弟妹。

陈文华的母亲操劳家务很辛苦，陈文华就常常帮助妈妈提水。母亲看到他提水比别人吃力，不让他提。他回答道："妈妈，没有关系的。多提提，两只手臂会有力气的。"

1954 年秋季，陈文华在建设夜校毕业，升入敬业中学初中一年级。第二年的元旦后，他加入了少年先锋队。

一天下午，全体同学都在操场上生龙活虎地举行着体育活动。陈文华看到同学们一个个跳过了箱子，心里想："让我也试一试吧。"

陈文华向跳箱的队伍走去，同学们却说："你是半兔修体育课的。你的两只手臂不能伸直，怎么能跳箱呢？你看，我们跳箱，先要用两只手用力一撑哩！"

陈文华低头看看自己弯曲着的两只手臂，心里一阵难过："是啊，两只手臂残废，怎么能锻炼呢？虽然我的学习成绩都还好，班上的工作也都参加，但如果不能把身体锻炼好，毛主席要求我们的'三好'，我就只能做到'两好'了!"

过了一些时候，老师在班上鼓励同学们说："要做到毛主席号召的'三好'，总会碰到困难的。困难要用勇敢来战胜。"

陈文华听了老师这一番话，特别感动。"对啊！我是一个少先队员，应该克服困难。我的两条手臂不行，但是两条腿还是好好的，还是可以锻炼的啊。"

这样，他就天天练习跑步。到第一次 60 米接力赛测验的时候，成绩 12.1 秒。他继续练习，到第二次测验的时候，10.8 秒就跑到了。

体育老师看到陈文华能够坚持锻炼，也就常常鼓励他，凡是他可以做的体育活动，都让他试着做。

使陈文华得到更大鼓励的是青年团员郦桂芳的事迹。

郦桂芳是经世中学的学生，10 多岁的时候，因为抢路上的炸药，被炸去了两只手掌。

但是郦桂芳坚持学习。手指没有了，就用手腕扶着笔写字，用嘴咬着笔绘画；各门功课都很好，受到了团组织的表扬。有一天，敬业中学队部请郦桂芳来与全体少先队员见面，同时与大家分享了失去了手掌以后自己如何艰苦地坚持学习的事。

在报告会上，郦桂芳还把他的历史、物理等课堂笔记和图画本子展览出来。同学们听了动人的报告，看了整洁的作业以后，都深受感动。

尤其是陈文华，他想："郦桂芳同志十个手指都没有了，尚且能够艰苦学习。我的两臂是残废了，但手指是一个也不缺啊。还怕什么艰苦，还怕什么锻炼呢？"

这以后，陈文华锻炼得更有劲了。每天的课外活动，像跑步、跳绳、垫上运动的一部分，他都积极地参加。暑假里，他还在每天清晨环城跑步一圈。

他曾对老师说："锻炼好身体，长大了才能够参加祖国的建设事业。我愿意做人民教师。做一个人民教师，也必须有强健的体格，我怎么能不努力锻炼身体呢？"

陈文华残疾而不放弃理想，不断加强体育锻炼的精神，鼓舞了全国的少年儿童积极地投身到体育锻炼中去，促进了少年儿童的健康成长。

此外，各地还比较普遍地开展了春游、远足和夏令营活动。

春天，带着孩子们去野外春游，到大自然中去，采集标本、采蘑菇、钓鱼、行军、野餐、做路标游戏等。继青年团中央1954年举办中国少先队夏令营之后，许多地方都办起了夏令营。

1956年8月1日，四川省在以都江堰闻名的灌县举行了全省夏令营，有汉族、回族、苗族、彝族、藏族等多民族的300多名少先队员参加。

内蒙古举办的呼和浩特夏令营，有内蒙古西部地区

380 名蒙古族、汉族、回族、达斡尔族、朝鲜族等的少先队员参加。

天津市也在美丽的北戴河举办了夏令营。

重庆市团委军体部开展了少年旅行家的活动，为全市少年制定了七条路线，在几个主要旅游地设点，有专人负责，帮助解决食宿和活动问题，按照路线提出一定的要求，完成得好的，可以获得少年旅行家奖章。

总之，城乡少先队的活动都比过去活跃了，少年儿童的生活更加丰富多彩了。

少先队制订"小五年计划"

1955 年 11 月 27 日，青年团中央和教育部发出《关于支持全国少年儿童开展"小五年计划"活动的联合指示》，号召全国 9 周岁以上的小朋友都参加这项活动。

"小五年计划"是中国少年先锋队为支援我国的第一个五年计划而主动向青年团中央倡议的。

1953 年，我国开始国民经济建设的第一个五年计划，我国人民在社会主义建设中所取得的巨大成就和第一个五年计划的公布，大大鼓舞了少年儿童的爱国热情。

全国各地的小朋友都开展各种公益劳动，帮助"五年计划"做事情。

1955 年，江苏省宜兴具、辽宁省松树区和北京市的少先队员提出了展开"小五年计划"活动的倡议。江苏省宜兴县少先队员的倡议写道：

亲爱的青年团中央：

大人们正在轰轰烈烈地搞五年计划，我们也动心了，我们想：我们小孩子，能不能也搞个"小五年计划"？

最近，我们全县 9.5 万个小朋友，开了一个代表会议，大家都说：我们过去种过向日葵，拣过粮，拾过废钢铁。今后，我们还能做更多的事情。大家一致通过了决议，要搞一个"小五年计划"，决心做好下面七件事：

我们保证明年每人种一两棵向日葵，全县共种9.5万棵，每两人种活一棵树，全县种活4.75万棵树。

我们每人每年搜集4两废金属，一年就可以积聚2400斤。我们还可以搜集桃核和杏核。

我们决定帮助农业生产合作社、互助组、军烈属和自己家做事情。每人每年保证积50斤肥，还要帮助捉虫，拾稻穗，保护青蛙，拣粮食。

我们要争取每5人养一只鸡，每年生产228万个鸡蛋。

我们要爱惜文具纸张，铅笔头要用到不能用为止，也不在墙上乱涂，或毁坏桌椅。

我们要做好卫生工作。

我们高年级的同学，要教爸爸妈妈邻居识字，还要帮合作社读报，开展文娱活动。

我们是新中国的少年，我们说过的话，我们一定要做到。我们希望全国小朋友也来搞"小五年计划"，为祖国做更多的事情。

江苏宜兴县9.5万个孩子
1955年11月28日

青年团中央和教育部热烈地支持孩子们的倡议，认为这些倡议正是我国少年儿童热爱祖国、热爱社会主义的表现，倡议中提到的工作是孩子们所喜爱的，也是力所能及的。

《关于支持全国少年儿童开展"小五年计划"活动的联合指示》认为："通过这一活动，我们可以培养少年儿童的爱国主义思想、社会主义劳动观点，并且可以使他们在劳动中学到实际的生产知识和技能，同时还将为祖国增加一些财富。"

《关于支持全国少年儿童开展"小五年计划"活动的联合指示》提出了"小五年计划"的活动内容。

> 栽培植物，如种向日葵、蓖麻、植树、采集树种等；饲养动物，如养鸡、养鸭等；
>
> 帮助农业生产合作社和家庭做事情，如捡粮食、积肥、捕捉害虫害鸟、推广新品种等；
>
> 帮助学校制作简单的教学实验用品，如采集标本、制造模型、仪器等；
>
> 绿化环境、绿化学校，如在村前村后、河边、路旁、住宅周围和学校周围种树、栽花等；
>
> 做"小先生"，作为一个辅导力量帮助党和政府做扫除文盲的工作，如教爸爸妈妈和邻居识字，给识字班读报等。

《关于支持全国少年儿童开展"小五年计划"活动的联合指示》对开展这项活动提出了一些原则要求与应注意的事项。指出这项活动定名为"小五年计划"是因为它反映了少年儿童帮助第一个五年计划的美好愿望，使少年儿童的公益劳动和第一个五年计划更紧密地联系起来，对少年儿童有更大的号召和鼓舞的力量，同时通过"小五年计划"的制订，也可以使少年儿童为学习订计划和执行计划。

但是少年儿童的"小五年计划"与国家的"五年计划"是有区别的。

在开展活动时并不是要自上而下地订出全国或全省的"小五年计划"要求少年儿童来实现，而是以学校为单位，根据当地的条件，订出切实可行的简单计划，作为课外活动的内容。

全国少先队员热烈响应了开展"小五年计划"活动的号召，在活动中充分地发挥了他们的创造性。

湖北武昌县的少先队员为帮助农业合作社做事情，建立了"少先队义务邮站"，从纸坊区到纸坊镇到农村的小路上，红领巾们在放学以后，帮助邮局及时地把书报信件带到乡村去，再把乡村的邮件带到镇上。

浙江于潜县武山小学的少先队自己采集了树种 246.5 公斤，将 200 多公斤献给农业社，再用 25 公斤树种在天目山下建立了"少年苗圃"，为国家营造建筑用材。

　　吉林榆树县十二区中心小学少先队开展了消灭老鼠的活动，全校共捕捉到 1789 只老鼠，挖出粮食 330 多公斤。

　　河北省的少先队员，利用自己捡粮、割草、种植油粮作物以及拾废品的收入，为集体建筑了一座"红领巾水库"。黑龙江省的少先队员，用自己"小五年计划"活动的收入，为国家建造了一个"少先队拖拉机站"。

　　特别是最早倡议"小五年计划"活动的宜兴县实验小学，活动开展得更是有声有色。

　　到 1957 年 11 月，宜兴县实验小学举行了"小五年计划"丰收会，大队委员会公布了"小五年计划"的活动成绩：三年来捡回粮食 2573.5 公斤；收回废金属 4120 公斤；植树 4.1255 万株；为农业社积肥 8.2 万担；建立小苗圃 13 个；种向日葵 3.6196 万棵；种蓖麻 1.1568 万棵；种盆栽植物 250 盆；种家庭小花园 156 个。

　　少先队员自豪地说："大人有'五年计划'，我们小孩子也有'小五年计划'，我们也为建设祖国出了力。"

少先队员走进怀仁堂

1954 年 9 月 18 日，王晔等 8 名少先队员给全国人民代表大会送了一封信，表示了少年先锋队员对大会的热烈祝贺。

同时 8 名少先队员希望能到大会会场去，看看从各地来的代表，看看中央领导毛泽东。

在王晔等 8 名少先队员热烈的要求下，大会秘书处答应了他们。8 名少先队员高兴得跳了起来。

当 8 名少先队员走进怀仁堂的时候，正是人民代表大会会议中间短暂的 15 分钟休息时间。

王晔他们排着队走上了主席台，现场响起热烈的掌声。

王晔后来谈到当时的情景时说：

> 当我们向大会代表敬礼时，全场的代表都站了起来，热烈鼓掌。人这么多，毛主席到底坐在哪儿呀？我真不知道向哪儿瞧才好。其实，毛主席就坐在离主席台不远的代表席上。他也站在那儿鼓掌呢！

休息时，一位同志带他们到一间休息室去。在那里他们见到了毛主席。王晔后来回忆说：

> 一进门，我就看到了亲爱的毛主席，他的脸红红的，可健康了，和照片上一模一样。我们立刻跑过去拉着毛主席的手，向毛主席问好。
>
> 毛主席笑着说："娃娃们好！"
>
> 他还让我们回去问小朋友们好呢！我本来有很多的话想告诉毛主席，可是一高兴就全给忘掉了。
>
> 我总想看清毛主席，可是眼睛不知道为什么就是不好使。我使劲拉着毛主席的手，这时我觉得自己真是最幸福的人啦。
>
> 一个队员说："毛主席，10月1日我们又能看见您了。"毛主席亲切地说："再见！"

中央领导一直非常关心少先队员的成长，少先队员也对国家大事非常关心，总希望为祖国多作贡献。毛泽东对中国少先队的关心，激励了一代又一代的少先队员。

三、 社会主义建设时期

● 彭真首先在庆祝大会上讲话。他说："刚才你们朗诵诗句，再过 10 年你们干什么？要当社会主义建设的红旗手，当共产主义的红旗手。"

● 雷锋对小朋友们说："我们大家戴的红领巾是红旗的一角，我们要永远沿着党和毛主席指引的社会主义道路前进，时刻准备着，将来做好无产阶级革命事业接班人。"

● 有的少先队员说："学习雷锋叔叔后，使我懂得了生活的意义，雷锋叔叔就是我生活的火车头。"

少先队庆祝建队 10 周年

1959 年 10 月 13 日是中国少年先锋队建队 10 周年的日子。10 年来，少先队的工作有了很大发展，取得了很大成绩。

在第一个五年计划时期，北京的少先队员首先发起了"小五年计划"活动，除四害、讲卫生、植树造林，积肥、捡粮、种植油料作物，支援了祖国建设。

北京市少先队员营造了许多少年林，种植了大量树木、蓖麻、向日葵；还捕捉了 46 万只老鼠，建立了一座红领巾水电站，修建了红领巾水库、水渠。

北京市少先队员还用课余劳动得来的钱买了 4 台"红领巾"号拖拉机和一台联合收割机捐献给郊区生产大队。还进行了革命传统教育，学习科学文化知识，参加文娱生活、体育锻炼等活动。少先队员在集体生活和集体劳动中茁壮成长。

为了总结 10 年来少先队工作取得的成绩，更好地跨入新的 10 年，1959 年 10 月 18 日，北京市召开了建队 10 周年庆祝大会。

1959 年 10 月 18 日下午，1.7 万名少先队员和辅导员欢聚在人民大会堂。

少年儿童在这里开会还是第一次。14 时，12 岁的小主席宣布大会开始，奏过国歌后，举行了隆重的少先队仪式。

在少先队的鼓号声中，旗手们高举着 20 面队旗入场。50 名少先队员朗诵了长诗《第一个十年》，汇报了少先队员在第一个十年的成长，展望了第二个十年更加美好的远景。

这次大会的倡议者，中共北京市委第一书记、北京市长彭真首先在庆祝大会上讲话。他说：

> 刚才你们朗诵诗句，再过 10 年你们干什么？要当社会主义建设的红旗手，当共产主义的红旗手。
>
> 少先队员要学习，学好、锻炼好全心全意为人民服务、为社会主义服务、为共产主义服务的本领，学习好、锻炼好保卫社会主义、保卫共产主义、保卫祖国和人民的坚强意志和本领，谁要危害我们的祖国和社会主义，反对共产主义，反对党反对人民，你们就反对他们，打倒他们。

台下响起了春雷般的掌声，表达了孩子们的决心。

会上还表彰了 45 万名优秀辅导员和 585 个优秀少先队集体。

共青团中央第一书记胡耀邦发表了《预备队的任务》

的重要讲话。他在讲话中首先论述了建立少先队的必要性。建立少先队，确实是把少年儿童组织起来，接受教育的好办法。

其次，胡耀邦阐述了少先队的地位和作用。另外，胡耀邦还具体地阐述了少先队的预备队性质。

最后，胡耀邦着重阐述了预备队的任务。他说：

为了不小看自己，我希望你们都要了解你们现实的任务。什么是你们现实的任务呢？这就是党和毛主席所号召你们的：好好学习，天天向上。

这篇讲话给少年儿童以极大的鼓舞，激励广大少年儿童从前辈身上看到少先队的优良传统，并继承和发扬这些传统，做一个新时代、新形势下德、智、体、美全面发展的少先队员。

到会祝贺的，还有全国妇联主席蔡畅、副主席康克清和中共北京市委第二书记刘仁等。在北京的各兄弟国家的100名少先队员代表参加了大会。苏联少先队员代表依娜·塔佐娃代表苏联少先队员向中国少先队员表示了最衷心的祝贺。

毛泽东戴上了红领巾

1959 年 6 月 26 日，毛泽东来到阔别多年的韶山学校视察。

毛泽东与少先队员亲切交谈，并佩戴上了少先队员赠送的鲜艳的红领巾。

韶山是毛泽东的故乡，韶山学校是他学生时期的母校。

毛泽东是在 6 月 25 日回到故乡韶山的，在韶山，毛泽东重访旧居，进行社会调查，宴请父老乡亲，祭扫父母坟地，畅游韶山水库。

6 月 25 日 17 时多，韶山学校少先队辅导员把蒋含宇和彭淑清小朋友叫到大队部，告诉他们说："有个重要的首长要来我们学校视察，学校经认真研究，决定由你们两个代表韶山少年儿童给首长献花。"

辅导员还特意安排当时担任学校迎宾团团长的蒋含宇向首长赠送红领巾。

"重要的首长会是谁呢？"两个少先队员当时都在猜想。看着辅导员喜不自禁的表情，想想这儿是毛主席的故乡，又是杨开慧烈士曾办过私塾的地方，听大人讲新中国成立后家乡的人们也曾多次请求主席回家乡来看看，这次十有八九会是毛主席要来学校视察了。想到这儿，他们都激动不已。

按照辅导员安排，他们欢快地跑出大队部做准备。

什么花儿最香最艳？什么型号的红领巾最适合给毛主席佩戴？反手给毛主席戴红领巾，动作怎样才能更熟练？蒋含宇不停地在大队部练习。彭淑清就在学校花园里四处寻找鲜艳的花儿。

代表全校 700 多名师生，代表韶山的全体少年儿童向毛主席献花，献红领巾，这是何等的幸福和光荣。由于高兴和激动，他们几乎一夜都没睡。

26 日 7 时多，毛泽东从旧居向韶山学校的方向走来了。有一位同学最先发现毛主席走过来了，就大声喊："毛主席来了！毛主席来了！"

全校师生立即拥出校门，欢呼着："来了！来了！"

听说毛主席来了，彭淑清急忙丢下饭碗，跑到校园花圃里采来月月红、松枝、夹竹桃等扎成两束。

蒋含宇后来回忆了当时的情景，他说：

主席在人群中穿行，离学校越来越近，眼看主席即将走上通往学校的儿童桥，我们俩飞快地跑到主席面前，先向毛主席敬了个队礼，然后，把两束带着露珠、满含韶山少年儿童爱戴之情的鲜花献给了毛主席。

接过鲜花，闻着故乡的芬芳，主席微笑着问我们："几岁了？上几年级？"

我们告诉他老人家："14 岁，刚上初二。"
主席微笑着点点头："要努力学习，争取做个好
学生。"我们聆听着毛主席的教诲，激动得泪花
涌出了双眼。

　　欢迎的人群不断地鼓掌欢呼。人们簇拥着毛主席沿
坡而上，向校园走去。毛主席一边走，一边和师生们握
手问候。他来到学校的大门口，凝视着自己 1953 年亲手
题写的"韶山学校"校名，深情地伫立了一会儿。
　　进了校门，毛主席又和师生们边走边聊，兴趣盎然。
毛主席看到学校正在扩建，感慨地说："学校变化不小。"
　　听了毛主席的称赞，蒋含宇忙说："主席，我们勤工
俭学，正在打地基建房子，学校里种的蔬菜也自给有
余哩！"
　　当听到学校的初中部是由小学部扩展而来的时候，
毛主席高兴地说："原来你们是中小学并举啊。"
　　后来，毛主席又来到中学部斜坡的石梯旁，看见那
里站满了老师和学生，就停下来要和大家一起照相。这
时，辅导员老师提醒含宇："先向毛主席献红领巾，然后
合影留念。"
　　含宇走到毛主席跟前，踮起脚尖，恭敬地行个队礼，
然后把红领巾系在了毛主席胸前。
　　毛主席抚摸着胸前的红领巾，和蔼地问含宇："你真
的把红领巾送给我啦？"

含宇点点头，回答说："真的!"

毛主席幽默地说："那我就把红领巾戴到北京去。我现在又年轻了，变成少先队员了!"逗得大家都笑了。

毛主席也笑了，摄影师侯波迅速按下快门，拍下了一张令人难忘的照片。

后来，著名诗人臧克家先生为这张照片写了题照诗——《毛主席戴上了红领巾》：

> 毛主席戴上了红领巾，少先队里高大的人，
> 笑的风要把人身撼动，纸面上仿佛听出声音。
> 峥嵘岁月成过去，故乡山河一片新，斗争历史
> 作背景，方才知道这笑意深……

时间过得真快，转眼快 10 时了。警卫员告诉毛主席："您该吃早饭了。"

毛主席用商量的口吻对大家说："他要我回去吃饭，你们同意不同意?"

大家依依不舍地说："同意!"这时，学校通向宾馆的侧门开了，毛主席缓缓地朝门口走去。

中国共产党第一代领导人为中国的少年儿童事业做了大量事情。

少先队参加国际活动

1959 年 9 月 20 日，在乌苏里江边的苏联比金市，中国《辅导员》杂志总编辑毛振纸带领的中国少先队代表队接受了来自苏联的友谊接力棒。

比金市是一个边境城市，为迎接中国少先队员，举行了球赛、文艺演出，还放了焰火，气氛十分热烈。

这次接力赛活动，是由苏联《辅导员》杂志社发起的，赢得了两国少年儿童的热烈欢迎。

1959 年，是中华人民共和国成立 10 周年。

苏联《辅导员》杂志为庆祝中华人民共和国成立 10 周年，在苏联少先队组织中开展了这次"莫斯科——北京"友谊接力赛活动。

这次活动所用的接力棒是一本纪念册，传接力棒活动从莫斯科出发，经过苏联各加盟共和国一些有代表性的城市，每到一地，少先队组织都举行有关中国的活动，并且把活动的情况记在纪念册上。

传到中苏边境后，由苏联少先队组织的代表将接力棒交给中国少先队组织的代表。谁的活动开展得好，还要进行竞赛，优胜者要授奖。

苏联《辅导员》杂志及时地报道了少先队活动，中国《辅导员》杂志及时作了翻译发表。

中国少先队组织从《辅导员》杂志知道苏联开展"莫斯科——北京"友谊赛的消息以后，都纷纷举行活动，支援他们。同时，也将活动的情况记在纪念册上，赠送给苏联少先队组织。

"莫斯科——北京"友谊接力赛活动是中国和苏联少年儿童的一次友谊合作比赛，是中国少年先锋队参加的众多国际活动之一。

在此之前，中国少年儿童队组织还曾多次开展国际活动，对少年儿童进行国际主义教育，加强与社会主义国家少先队组织的联系，增强社会主义国家少年儿童之间的友谊。

新中国成立初期，每逢"六一"国际儿童节，队组织都要向少年儿童介绍世界各地儿童的生活情况。每逢新年和"六一"，都邀请随父母来中国工作的各国少年儿童一起欢度节日。

1951 年 6 月，中国少年儿童队派出由 22 名队员组成的代表队去苏联克里木，参加阿尔迪克少年营，度过了两个月的假期。

克里木坐落在黑海之滨，是苏联气候最温暖、风景最美丽的地方。革命前是少数贵族、地主的花园、别墅，革命后，成了劳动人民的休养区。

阿尔迪克就在这个克里木半岛上，它原来是地主的葡萄园，党和政府把它送给了少年儿童。阿尔迪克像个大花园，许多运动场、游戏室、球场、电影院和白色的住房坐落在树林和花丛中。

中国少年儿童队员和苏联队员分别组成一个中队，参加营里的各种活动。营主任对中国少年儿童像对苏联队员一样，既亲切爱护又严格要求。

苏联的队员对中国的队员更是亲如兄弟，使中国少年儿童队员代表亲身体验到社会主义社会制度的优越和社会主义大家庭的温暖，并且学习到许多开展少先队工作的方法。

1952年，中国少年儿童队不仅派出了由15名少年儿童队队员组成的第二次代表队，去苏联阿尔迪克度假。还同时派出了另一支中国少年儿童队代表队去民主德国参加夏令营，并且受到了民主德国总统皮克的接见。

1954年7月26日至8月22日，青年团中央在山东省青岛市举办中国少年先锋队夏令营。

中国少年先锋队夏令营是新中国成立之后举办的第一个全国性的少先队夏令营。参加这次夏令营的有来自全国各地的182名少先队员，以及应邀而来的朝鲜、越南、保加利亚三国的数十名少先队员。

中国少年先锋队夏令营是一个国际少先队夏令营。夏令营举行了"八一联欢会"海上旅行、与青岛市儿童联欢、庆祝朝鲜解放、体育运动会、营火会等大队活动。

夏令营还进行了游览、参观、旅行、赶海等中队活动和主题中队会，组织了航模、舰船、生物、工艺、音乐、舞蹈等各种小组活动，达到了使儿童很好休息，增进健康，扩大眼界，受到爱国主义和国际主义教育的预定教育目标。

担任夏令营主任和副主任的是团中央少年部副部长刘祖荣和蒋文焕同志。

丰富多彩的活动，给各国队员留下了深刻印象。

许多少先队组织和队员还与其他社会主义国家的少先队组织和队员建立了通讯联系，互赠礼物，增强彼此间的了解与友谊。

抗美援朝斗争中，中国少年儿童不仅以实际行动支援抗美援朝斗争，还常给战火中的朝鲜少年儿童寄去热情的慰问信、教科书和学习用品，这种在患难中建立起来的深厚友谊，在战后依然保持和发展下来。

被罗盛教舍身救出的少年崔莹，曾随朝鲜人民军代表团来到中国。在北京、上海、罗盛教家乡，都受到了中国少年儿童队队员们的热情欢迎。

1956 年，大连市第一中学的少先队员与朝鲜人民共和国平安南道龙岗郡第三中学少年团建立了通信联系。

1956 年 6 月，北京市女十二中一年级 13 岁的女学生武文燕，向莫斯科寄去了一封热情洋溢的信，信中写道：

我爱莫斯科像爱北京一样，……我是个少先队员，担任墙报编辑，我希望有一个苏联朋友。

苏联少先队《真理报》以"我爱莫斯科像爱北京一样"为题，刊出了这封信。

　　此后大批苏联来信寄到女十二中，一年里武文燕收到400多封信。其中主要是一年级到十年级的学生，有共青团员也有少先队员，他们虽然年龄、性格各异，但有一个共同的特点，就是热爱中国，对中国少年友好。

　　在400多封信中，有200多封信来自少先队墙报编辑，他们向武文燕介绍了办墙报的经验，这些都给予她很大的帮助。

　　但是武文燕一个人怎么能回答这么多信呢？

　　于是，武文燕将这些信分发给各个中队，女十二中几乎每个队员都有一个苏联朋友，队员们又介绍给自己的兄弟、姊妹。于是，友谊的种子播散到了更多的学校。

　　1956年11月10日，随父母来中国工作的民主德国少先队员，在德国驻华使馆，以中国战斗英雄董存瑞命名自己的中队，并举行了队会。《中国少年报》总编辑左林和北京六十五中"威廉·皮克"班的10多位青年团员出席了命名大会。

　　中国少年先锋队通过有益的国际活动，学习了知识，增长了见识，增强了与各国小朋友之间的友谊。通过参加这些活动，促进了中国少年儿童的健康成长。

召开少先队工作会议

1960 年 4 月 14 日至 29 日，共青团中央第四次全国少先队工作会议在北京召开。

会议的中心议题是：总结对少年儿童进行共产主义教育的情况和经验，研究少年儿童组织的分级问题。

团中央书记处书记王伟作了题为《高举毛泽东思想红旗坚持少年儿童运动的共产主义方向》的报告。

1962 年 11 月 26 日至 12 月 8 日，共青团中央第五次全国少先队工作会议在北京召开。

团中央书记处书记李传涛作了《为更好地培养共产主义新一代而奋斗》的报告。会上表扬了 105 名全国优秀辅导员和一个优秀辅导员集体。会议期间，党和国家领导人周恩来、彭真、陈毅、罗瑞卿参加了优秀辅导员联欢会。

两次大会的召开，极大地促进了少先队的建设。

少先队组织队伍不断壮大，队的组织作用更加突出，队的活动天地更加广阔，队组织表现得生气勃勃，少年儿童的精神面貌也发生了很大变化。

少先队组织中不断涌现出爱护公物、维护公德以及和反革命分子、坏分子英勇搏斗的动人事迹。刘文学、张高谦、草原英雄小姐妹龙梅、玉荣，与反动派英勇斗争的"英雄小八路"等都是他们中的优秀代表。

这些优秀代表的事迹，在我国少年儿童运动史上写下了光辉的篇章，使少先队的"星星火炬"放射出更加耀眼的光芒！让我们来看看这些少年英雄的事迹。

四川的少先队员刘文学，为了集体利益，与犯罪分子顽强斗争，献出了自己的生命。

1945年4月28日，刘文学在四川省合川县柑橘园半山坡上的一间破陋的茅草房里出生了。

刘文学的爸爸是个穷裁缝，妈妈是个贫苦的农妇。旧社会流传着这样一句话，"裁缝，裁缝，全靠一冬"。平时揽活难，过了冬天，爸爸就更找不到多少活儿做了。

一家吃了上顿，就没有了下顿。妈妈只好忍痛丢下自己的孩子，到县城去给人当奶妈。一家人挣扎在饥饿线上。

刘文学的家乡有个恶霸地主叫王荣学，他依仗权势，横行乡里。他做衣服不仅不肯给钱，还诬告文学的爸爸，使文学的爸爸被官府抓进了监狱。

从刘文学记事那天起，他看到的就是爸爸的不幸，妈妈的泪水。小妹妹害病无钱医治，死在了妈妈的怀里。

一天，刘文学和小伙伴们上山去玩，路过王荣学的柑橘园，碰上了迎面走来的王荣学。横行霸道的王荣学硬说刘文学偷了他家的柑子，凶狠地把刘文学的手捆上，把他摔倒在地。刘文学被摔得口鼻流血，浑身是伤。可怜的妈妈只能抱着儿子，把泪水往肚子里咽。

刘文学小小年纪，就牢牢地记下了对地主的仇恨。他盼着能有一天，把这些欺压穷人的坏蛋统统打倒。

这一天终于来到了。

1951 年，刘文学的家乡实行土地改革，大地主、大恶霸们再也神气不起来了。

穷人翻身了，刘文学第一次看见爸爸、妈妈笑得这么开心。从爸爸、妈妈的嘴里，他知道了，这好日子是共产党给的。

新中国成立后，刘文学在党和政府的关怀下，背上书包，进了学校。

初春的一天早晨，阳光明媚，微风拂面。

刘文学像往常一样，背着书包，朝学校走去。他一边走，一边掰着手指头数着什么。

他在数什么呢？这可是刘文学心中的秘密。

原来，班里又要发展一批少年儿童队队员了。戴上鲜艳的红领巾，这可是刘文学心中一直以来的愿望。他早就向少年儿童队组织提出了申请，可是迟迟未被批准，这不，昨天同学们还给他提了些意见呢！

起初，刘文学闷闷不乐，他暗暗嘟哝着："我学习好，劳动好，还肯帮助人，怎么就不能入队呢？"后来经过老师和同学的帮助，他认识到了自己的缺点。

今天早晨，刘文学掰着手指头，就是在数自己的缺点，他要把自己的缺点告诉中队长，并决心彻底改正，做一名合格的少年儿童队队员。

刘文学知道，班里每天最早到校的是中队长，因此，刘文学今天特意提前来到了学校。

见到中队长，刘文学不好意思地说："前几天，我和一个同学为一点小事打架，从河边一直打到学校，别人劝都劝不住，还给同学起外号；打篮球时别人接不住我抛的球，也要埋怨和骂人。"

刘文学一边说着，还一边掰着手指头。然后，他神情严肃地说："我一定能把这些缺点改掉，你信不信?"

"当然相信!"

中队长高兴得一把搂住刘文学，转了一个圈，两人同时摔倒在了地上，开心地笑了起来。

1957年6月1日，刘文学光荣地加入了少先队。

由于刘文学学习努力，关心集体，又能团结同学，入队不久，他就被大家选为小队长，还兼任班里的学习小组长。

乡村的道路，下雨天十分难走。有一座又滑又窄的小桥，许多小同学走到这里都望而却步。每当下雨天，刘文学必定赶在小同学到来之前，站在桥边，直到把小同学一个一个地背过小桥。

老师和同学说："哪里有好人好事，哪里就有刘文学。"这话一点也不假。只要是集体的事，不管再苦再累，他都主动地去做。

学校中午要给家远的同学热饭，刘文学就主动带领同学们为学校拾柴火；学校菜地该施肥了，刘文学就利用课余时间去菜地浇粪。

同学和老师都非常感慨地说："刘文学戴上红领巾以后，进步真大！"

1959 年 6 月 1 日，在学校"三好学生"的评选会上，刘文学获得了全票。刘文学把这些荣誉看成是大家对他的鼓励，决心继续努力。

盛夏的一天，骄阳似火，在通往营门镇的大道上，刘文学头戴草帽，满脸汗水，急匆匆地一路奔跑着。

原来，中午放学回家，刘文学发现邻居李婆婆站在院里直转圈。

一问，才知道李婆婆为集体饲养的两头母猪生病了。公社医生来开了药方，但要到营门镇去取，来回得走十几里路。老人家走不动，可一时又找不到其他人。

"哎！这该怎么办嘛！医生说，拖久了猪就要有危险了。"李婆婆着急地说。

"李婆婆，我去！"刘文学听后，自告奋勇地说。

"这下猪可有救了！"李婆婆高兴地说。

但转念一想，李婆婆又犹豫起来，"要不得，你下午还要上学，不能耽误了上课。"

"没关系，功课还可以补，猪死了，可就没救了。"刘文学小大人似的说。他不顾李婆婆的再三劝阻，连午饭也没吃，拿起药方和钱就跑了。

汗水湿透了刘文学的衣裳，他又渴、又饿、又累，脚步也放慢了许多。可一想到集体的老母猪，就又不由自主加快了脚步。

当气喘吁吁、大汗淋漓的文学把药送到李婆婆手中的时候，李婆婆感动得不知如何是好。

两头老母猪吃下刘文学抓的药，第二天就能站起来吃食了。

李婆婆特意到刘文学家，向文学妈妈夸奖文学是个好孩子。李婆婆说："多亏文学救了集体的两头老母猪。"

文学笑着对妈妈说："少先队员应该关心国家和集体，对吗？"望着懂事的儿子，妈妈笑着点了点头。

王婆婆在公社里专管养牛。

一天，放学回家的路上，细心的文学看见王婆婆背着一筐牛草，走几步就歇一会儿。刘文学连忙赶过去，抢着替王婆婆背。

"牛是农村的'土拖拉机'，不能看着牛挨饿。"王婆婆一边走，一边和文学念叨着。

"婆婆，你割草不方便，以后，给牛割草的事儿，我们少先队员包了。"刘文学认真地说。

当天晚上，刘文学就把全院的少先队员召集起来，成立了"割草小分队"，刘文学当上了"割草小分队"的队长。

第二天，天刚蒙蒙亮，刘文学就悄悄喊醒了小分队的成员，大家拿着镰刀，背上背篓，精神抖擞地出发了。

当太阳刚刚升起来时，小分队的"战士"们已把还带着露珠的鲜嫩青草，堆放在了王婆婆的门前，然后各自回家洗脸，吃饭，上学。

每天下午放学的时候，刘文学还要到河边去找王婆婆，再帮助她把割好的青草背回家。

真是功夫不负有心人，王婆婆喂着的那两头牛越长越壮。

因此，王婆婆当上了养牛模范，还戴上了大红花。王婆婆逢人就说："这功劳也有文学这娃子的一半！"

刘文学处处关心集体，时时助人为乐的事迹受到了人们的交口称赞，都夸他是集体的小主人。

1959 年 11 月 18 日，正是大"三秋"时节。

傍晚，集体的海椒地里，人们仍在紧张地劳动。今年的海椒获得了大丰收，人们按捺不住内心的喜悦，欢歌笑语连成一片，回荡在这宁静的月夜星空。

这一天，文学也跟随着爸爸、妈妈参加了这场抢收海椒的"战斗"。

秋月又圆又亮，给大地披上了银白色的柔辉。

"时间不早了，明天还要上课，你就早点回家吧！"身边的一位叔叔望着正干得起劲的刘文学叮嘱说。

刘文学真舍不得离开这热火朝天的劳动场面。在叔叔的再三催促下，他才离开海椒地，朝家里走去。

刘文学嘴里哼着歌曲，连蹦带跳地走着。他环视着家乡广阔肥沃的土地，嗅着空气里散发出的泥土的清香，高兴极了。

刘文学想到今年的大丰收，想到班里最近被学校命名为"向秀丽班"的事儿，心里更美了，脚步更轻快了。

爬上坡，走过黄桷树，就要到家了。

"对面是什么，黑乎乎的？"刘文学突然发现前面有个黑影在晃，他定睛一看，发现是一个人影，躬着背正在做什么。

人们都参加抢收去了，这人在这里鬼鬼祟祟地干啥？刘文学警惕起来，他想起老师说过，敌人会利用各种机会搞破坏，这个人会不会就是坏人？

刘文学决定去看个明白。

"王荣学，又是他！"刘文学看到他就气不打一处来。

原来，这个家伙前几天高价卖队里的海椒，还偷卖生产队的柑子，被刘文学发现后，报告了生产队。他满口认错，现在又来偷集体的海椒。

刘文学大步走上前问道："王荣学，你又在偷公社的海椒。"

"啊！"王荣学吓得惊慌失措。当他看清前面是个小孩时，才镇定下来，撒谎说："是队长叫我来摘的！"

"胡说！队长叫你摘海椒，为什么不和大家一起摘？"刘文学气愤地说。

"又是这个小共产党，死对头！"当王荣学看清是刘文学时，他咬牙切齿地在心里骂着。但表面上却装出一副笑脸说："这点小事好说，我们还是先到那边柑子林看看。你听，好像有人在摘柑子。"

刘文学夺过王荣学装海椒的背篓，朝王荣学指的山坡走去。

柑橘林里什么也没有。

原来是狡猾的王荣学怕刘文学的声音被人听见，故意把他骗到离道路远一点的地方。然后，他故意装出一副可怜的样子说："小兄弟，这件事只有你一个人知道。你不说，不就没事了。"

他的眼睛眯成了一条细缝，在月光的照耀下，闪着阴冷的寒光。他假惺惺地从口袋里摸出一元钱，递过去。

"拿去吧！你把我放了，以后有事我会帮忙的。"

"谁要你的臭钱！你偷集体的东西，我不会放过你的。"刘文学斩钉截铁地说。

然后，刘文学气愤地把钱摔在地上，抓起王荣学厉声喝道："走，到治安委员那里去！"

欺骗、引诱都没有用，王荣学慌了，他恶狠狠地威胁说："你敢嚷，我整死你！"

"快来人啊！王荣学偷集体的海椒了！"刘文学的声音划破了寂静的夜空。

这声音令王荣学心惊胆战。他害怕刘文学再喊出第二声，猛地扑向刘文学，双手紧紧卡住了刘文学的脖子。

刘文学毫不示弱，他狠狠地咬住了王荣学的手。做贼心虚的王荣学，手软气短，好几次差点被刘文学推倒。

王荣学知道这次偷集体海椒的事再败露，肯定会受到惩罚。于是气急败坏的他使出全身的力气，用力卡住了刘文学的咽喉。

刘文学终因年少力单，渐渐停止了呼吸。

人民的好儿子刘文学，为保护集体的财产，英勇地献出了生命。

残害刘文学的凶手王荣学，三天之后被处决，得到了应有的下场。

人们在刘文学的母校汉江小学旁边的山坡上为刘文学立了塑像。从此，刘文学永远屹立在这里，面对着风景秀丽的嘉陵江和渠江，俯视着故乡肥沃富饶的土地，护卫着故乡的山山水水。

还有福建省的少先队员张高谦，也是这个时期少先队里的模范人物。他为了保护集体的羊群献出了年轻的生命。让我们来看一下他的英雄事迹。

夕阳渐渐在天边消失，淡淡的月亮出现在天幕上。这时，福建省寿宁县大韩村的大队部里，正召开着社员大会。

只听老支书向社员们说："为了发展集体副业，大队里买来了一群羊，分给生产队 16 只，咱们大韩村是个穷山村，这 16 只羊可是生产队的一半家业呀。明天一早，羊就要运到村里，可眼下正逢劳力紧张的时候，大伙说说，这羊交给谁来放呢？"

队部里立时响起了一片嗡嗡的声音，是呀，该让谁来当队里的羊倌呢？

"老支书，把羊群交给我吧！"屋角里忽然冒出一个稚嫩的声音。

大伙惊讶地回过头去，只见说话的是个十三四岁的男孩，圆圆的脸，浓浓的眉毛，宽鼻梁，一双清澈明亮的大眼睛，眉宇间带着几分稚气，胸前的红领巾映得小脸红扑扑的。他，就是队里船工的儿子张高谦。

"你要上学，怎么放羊呢?"老支书打心眼里喜爱眼前这个聪明的孩子，可是却有些担心。

"没关系，我利用课余时间放，一定会把队里的羊放好。"高谦抬起头朝大伙说。

社员们全都认为高谦当羊倌再合适不过了。这孩子心地好，办事认真，让这样一个好少年来当羊馆，还有什么不放心的。

高谦真的当上了大韩村的羊倌。每天一大早，他头一件事就是把羊群赶出羊栏，去山坡吃鲜草。放学后一到家，就急着去打扫羊栏。每次放羊回来，总要带一些鲜嫩的青草，留给羊当夜宵。

他还按照每只羊的特征给它们起了好听的名字，有的叫"弯角"，有的叫"黑姑"，有的叫"小斑"……

羊也好像懂得小主人的心思，只要高谦一来，它们全都像见了亲人一样，咩咩地叫着。高谦的心里非常高兴。

这天，太阳像一只红彤彤的火球，慢慢地往西山坡落去，金色的晚霞给村头的大榕树涂上了一层美丽的色彩。山村的青山绿水，天边五光十色的霞光，糅合在一起，组成了一幅瑰丽无比的水彩画。

这时，张高谦正背着一筐鲜嫩的绿草，哼着歌，迎着晚霞，从远处的山坡把羊群赶回羊栏去。他的脚边，一群雪白可爱的羊，欢蹦乱跳地跟着赶路。走了一程，他停下来，把课本从竹筐里取出来准备读一会儿。

"高谦哥!"背后突然传来了叫喊声，高谦回头一看，原来是村里的小学生小其头。说起小其头，高谦还是他的救命恩人呢。

不久前，天下了几场大雨，大韩溪淹没了沙滩。那天，高谦的爸爸因公外出不在村里，高谦顶替爸爸去渡口撑船，忽然听见前面有喊叫声。

他四下一看，发现低年级同学小其头不小心掉到溪水里去了。从上游冲来的水水深流急，眼看小其头要被卷走，高谦奋不顾身跃入急流，使尽全力把他救到岸边。

从此，小其头把高谦当成了亲哥哥，只要没事，就形影不离地跟着高谦，他俩常常结伴一起放羊。

"高谦哥，"小其头拉着高谦说，"明天是星期天，咱们一大早就把羊放出去，放一整天，好吗?"

高谦高兴地说："好。老支书说了，队里还要发展养羊事业呢。将来还要买更多的羊，几百只，几千只。那时候满山坡都是队里的羊。现在这 16 只羊都是优良品种，是队里的家产，不好好伺候，就对不起乡亲们，队里把牧羊鞭交给咱们，咱们就不能辜负大伙儿的期望。"

小其头听了，懂事地点了点头。

正说话间，天色突然阴沉了起来，接着黑云四起，一场暴风雨就要来临了。狂风吹得沙飞石走。

羊群受了惊，咩咩叫着到处乱跑。高谦挥着牧羊鞭，高声向小其头喊道："快把羊群赶到山坡后的山洞里去！"

一场暴雨劈头盖脸地倾泻下来。

刚把羊群赶进山洞的高谦才喘了口气，就和小其头一起清点羊群。"'小斑'不见了！"高谦和小其头不约而同地惊呼起来。

真的，可爱的羊羔"小斑"不见了。高谦急了，他招呼小其头守着羊群，自己一头冲进了倾盆大雨中。他沿着泥泞的道路寻去，走了几里地，才在山坳里找到了失群的"小斑"。

高谦心疼地把瑟瑟发抖的"小斑"抱在胸口，向山洞奔去。突然，山坡上有块岩石骨碌碌地朝他滚来，他躲开了。紧接着，又有一块岩石滚下来，高谦抬头望去，见坡上的岩洞旁有个人影一闪。

高谦没时间多想，心里只惦记着羊群。当他抱着"小斑"来到山洞时，不禁大吃一惊：洞口竟被人用岩石封住了。高谦急坏了，奋力把石头一块块搬开，探身进洞，这才松了口气：羊群和小其头都安然无恙。

这天夜里，高谦失眠了。傍晚的一个个奇怪的现象，像一个个问号，在他心里打转：是谁在风雨交加的天气里来到山坡上？是谁故意朝自己扔石头？是谁堵住了洞口？

从此以后，高谦对羊群看管得更尽心、更仔细了。

每天临睡前，他都要把羊数一遍，再检查好羊栏的门闩，然后才去睡觉。

可是，奇怪的事还是发生了。这天清早，高谦照例想把羊群赶到山坡去吃鲜草，打开羊栏，却发现老公羊"弯角"不见了。

奇怪呀，昨晚临睡前，他还仔细地把羊数了一遍，16只，一只不少。况且"弯角"是羊群中的头羊，绝对不会走失，周围又没有什么野兽叼羊的痕迹。这是怎么回事呢？

三天后，"弯角"找到了。村里副业队的一个渔民在黑水潭拉起了隔夜撒下的渔网，没捞到什么鱼，却捞到一个沉甸甸的塑料袋，袋子里装满了羊骨，还有两个弯弯的大羊角。

"弯角"让人宰了。高谦见了难过极了，丢了队里的羊，怎么向大伙儿交代呢？

老支书看出了高谦的想法，他找到了高谦的爸爸，一起安慰高谦说："孩子，不要遇到一点挫折就泄气，少先队员不能在困难面前低头，要吃一堑，长一智。大伙儿交给你的放羊鞭不能放下！"

高谦的心里涌起了一股暖流。他暗暗下了决心，非把这个偷羊贼抓住不可。

高谦把这几天发生的事细细回想了一遍，忽然想起在"弯角"丢失的前一天早晨，外号叫"山妖"的原生产队会计陈先凤在羊栏周围东张西望，见高谦过来，就悄悄溜走了。

"山妖"这家伙平时好吃懒做，因贪污公款被撤了职，会不会是他干的？高谦决心一定要查个水落石出。

第二天，高谦在渡口帮爸爸干活，小其头急急忙忙地跑来，兴奋地小声说："高谦哥，'山妖'向渡口来了。"高谦急忙拉起小其头躲到一棵大树背后。

不一会儿，"山妖"挑着一副担子，摆出一副满不在乎的样子，哼着小曲向渡口走来，边走边四下张望，见没人，解开缆绳就要上船。高谦和小其头从树后冲出来，问道："你想上哪儿去？"

"山妖"慌慌张张向后退了几步，嬉皮笑脸地说："我是来看看有没有渡船，过河办点事。"

高谦不相信他的鬼把戏，趁其不备，掀开了盖在担子上的布帘。顿时，几大块腌过的羊肉和一大张羊皮露了出来！

偷羊贼终于被抓住了。经过审讯，"山妖"承认他偷杀了"弯角"，还供认了那天雨中扔石头、堵山洞等罪行。"山妖"被押送到县里劳动教养。

转眼间，春节来临了。高谦的羊栏里洋溢着欢乐的气氛，"黑姑"刚生下一白一黑两只小羊羔。高谦和小其头忙里忙外照顾着母羊和小羊。

这天傍晚，天空骤然阴暗下来，乌云翻滚，从西北方遮天盖地地压了过来。狂风大作，夹杂着雪片发出刺耳的呼啸。

霎时，暴风雪席卷山村。风急雪猛，把羊栏刮得直响。一会儿，栏门上的木棍被折断了。高谦急忙奔回家去取木料来加固羊栏。

当他取回木料来到羊栏时，忽然听见几声羊的叫声，同时，一个黑影从羊栏里闪出来，正想夺门而逃。

高谦立时冲上前去，借着羊栏里微弱的灯光一看，原来是刚被释放的"山妖"陈先凤。

"你不思悔改，又来偷羊，办不到。"高谦大声喝道。

"山妖"慌了，他没有想到，这样大的风雪天，高谦还会来羊栏查看。"山妖"吓得直发抖，刚偷到手的羊羔"小白"从怀里掉了下来，另一只"小黑"仍挟在怀里。

"把羊放下！"高谦怒视着"山妖"。

"喊什么，这是队里的羊，又不是你的，卖了钱，分你一半，谁也不知道！""山妖"慌张地说。

"集体的羊，一根羊毛你也休想动，快把羊放下！"高谦不顾一切地向"山妖"扑去。

"山妖"凶相毕露："再喊，我宰了你！"

高谦临危不惧，大声高喊："快来人哪！陈先凤偷羊啦！陈先凤偷羊啦！"

"山妖"听了心慌意乱，他穷凶极恶地抢过高谦插在身上的柴刀，朝高谦的头部、背部猛砍……

年仅14岁的张高谦为保护集体的财产，献出了年轻的生命。

大韩村的人们为张高谦修建了一座墓碑。墓碑坐落在大韩溪边。一队队带着鲜艳红领巾的少先队员沐浴着春天的阳光，前来寻找高谦的足迹，并踏着他的足迹前进。

这里还有一个内蒙古大草原英雄小姐妹的故事。她们都是少先队员，为了集体的羊群，与风雪作了英勇的斗争，并最终取得了胜利。

蒙古族少女龙梅与玉荣是一对小姐妹，她们生活在内蒙古自治区乌兰察布草原达茂联合旗新宝力格公社那仁格日勒生产大队。

1964年2月9日，小姐妹利用假日自告奋勇为生产队放羊，那时龙梅11岁，玉荣还不满9岁。

中午时分，低垂的云层洒下了一串串的鹅毛大雪，怒吼着的狂风席卷着飞扬的雪花。刹那间，暴风雪吞没了茫茫的草原。

龙梅和玉荣急忙拢住羊群，转身往回赶羊。但是狂风暴雪就像一道无形的墙，阻挡着羊群的归路，羊群顺风乱窜。

在这关键的时刻龙梅对妹妹说："快去叫阿爸帮咱们拦羊！"小玉荣听了姐姐的话，掉转头顶着风雪拼命地跑，没跑多远就栽倒了。

玉荣起来回头一看，姐姐一个人在暴风雪中，左手拿着羊鞭，右手甩着脱下来的皮袄左右拦挡，没有自己这个帮手，羊群越发乱了。

小玉荣顾不得再去叫阿爸，立即返回羊群，手里挥动着小皮帽、嘴里不断地喊着给姐姐帮忙。

龙梅和玉荣就这样拦挡一阵，跟上跑一阵。再继续拦挡、再跟着跑，不知拦了多少次，也不知道跑了多长时间。

经过与暴风雪搏斗的第一个回合，龙梅和玉荣总算把散乱的羊群聚拢在一起了。

在暴风雪中是分不清方向的。成人尚且如此，更何况孩童呢？

到了黑夜，暴风雪似乎更加疯狂起来。小姐妹凭借着地上积雪的映光识别自己的羊群，羊群照旧在风雪的呼啸中朝东南方狂奔。

在紧紧追赶羊群的时候，姐妹俩怕失散，便机智地相互高喊着："龙——梅""玉——荣"。彼此关照激励着。

从中午开始一直到第二天天亮，姐妹俩整整奋斗了20 多个小时。寒冷，恐惧，饥饿，疲劳，责任感全部压在了两个小姑娘身上。

最后玉荣昏倒在雪地上奄奄一息，姐姐龙梅也好不了多少，但仍撑着跟在羊群后面。由于铁路工人和寻找她们的公社书记等人及时赶到，姐妹俩和羊群才安全脱险。

共青团中央在当年 3 月 20 日写信表扬了她们的高尚行为，同时热烈祝贺她们加入了中国少年先锋队。《人民日报》以"最鲜艳的花朵"为题，报道了她们的感人事迹，她们被誉为"草原英雄小姐妹"。

小姐妹在经历了暴风雪后先是在白云鄂博矿山医院进行救治，后转到呼和浩特继续治疗和休养。

由于冻伤严重，龙梅失去了左脚拇趾，玉荣右腿膝关节以下和左腿踝关节以下做了截肢手术。小姐妹出院后，在政府的关怀下，开始在家乡读书。

刘文学、张高谦、草原英雄小姐妹，这些小英雄们的事迹，激励了一代又一代的少年儿童为党和国家作出自己的贡献。

两次少年儿童大会的胜利召开，促进了中国少年先锋队建设，推动了少年先锋队开展一系列有益的社会活动，涌现了一大批优秀的少先队员。在党中央、团中央的领导下，中国少先队走向光明的未来。

少先队开展学雷锋活动

1963 年 3 月 5 日,《中国青年报》《人民日报》等报纸,发表了毛泽东的题词:

向雷锋同志学习

3 月 7 日,《中国青年报》等报纸发表了刘少奇、周恩来、朱德、邓小平等中央领导人的题词。

雷锋是优秀的少先队辅导员,他为中国少先队作了很多的事情,影响了无数的少先队员。

1940 年 12 月 18 日,雷锋出生在湖南省望城县一个贫苦家庭里,望城县就是现在的长沙县。

雷锋的父亲在抗日战争时期被日军毒打成疾致死,哥哥、弟弟都在苦难中夭折,母亲受尽地主欺凌含恨自尽。7 岁多,雷锋就成了孤儿。

1949 年 8 月,望城县解放。在党和政府的关怀下,雷锋上了小学,并在 1954 年加入少先队。

高小毕业后,雷锋在乡政府当通信员,后调到中共望城县当公务员,1957 年 2 月加入共青团。1958 年到了北国钢城鞍山,当推土机手。1960 年,参加中国人民解放军,成为沈阳部队工程兵运输连的汽车兵。

雷锋先后被抚顺市建设街小学即现在的雷锋小学、本溪路小学即现在的雷锋中学聘请为少先队校外辅导员，并兼任五中队校外辅导员。

1960 年 10 月 10 日，雷锋第一次被聘为校外辅导员，他戴着鲜艳的红领巾走上讲台，向少先队员作了热情洋溢的讲话。雷锋说：

小朋友们，四年前我摘下了红领巾，今天我和你们一起又戴上了红领巾，感到非常亲切。我在你们面前，已经是一个大人了，可是在党的面前，我永远是一个孩子！

我们大家戴的红领巾是红旗的一角，我们要永远沿着党和毛主席指引的社会主义道路前进，时刻准备着，将来做好无产阶级革命事业接班人。

这样，我们从小开始就要做到思想好、学习好、身体好，让红领巾永远保持鲜红的颜色！

晚上，雷锋在他的日记中写道："今天是我感到最光荣的一天。由于党和组织对我的培养，建设街小学全体师生对我的信任，聘我为这个小学大队辅导员……我一定要以无产阶级的思想，来教育和帮助那些可爱的少先队员们，使他们从小就树立起无产阶级思想，做我们祖国的接班人。"

在不到两年的时间里，雷锋与孩子们结下了深厚的情谊，成为少先队员的亲密朋友和指导者。

　　从 10 月 10 日这天以后，不管雷锋在部队的工作有多忙，只要中午休息，或是雨天不出车，他就跑到学校，深入到孩子中间去。

　　雷锋给少先队员讲刘胡兰的故事，告诉孩子们入队、入团、入党是人生三件大事，鼓励少先队员争取入团；他给少先队员讲黄继光、邱少云、向秀丽、安业民等英雄的故事，教育孩子们懂得，凡是在祖国、人民和集体需要的时候，一定要严守纪律，忠于自己的岗位；他勉励少先队员发扬"钉子"精神，用"挤劲"和"钻劲"克服困难，搞好学习；他教育队员对待同志要像春天一样温暖，加强团结协作。

　　特别是雷锋那种热爱劳动，干一行爱一行，助人为乐，艰苦朴素，努力学习毛泽东著作的模范行为给少先队员以深远的影响。

　　孩子们爱雷锋，雷锋更爱孩子们。雷锋常带队员们做有益的游戏，教队员们唱歌、跳舞，带队员们做操、赛跑，还经常给他们讲故事。

　　孩子们非常愿意和雷锋在一起，无话不说，彼此成了知心朋友。在雷锋同志的教育下，过去爱打架的、吵嘴的同学也都变好了。不守纪律的同学，听了雷锋讲的邱少云故事后逐渐变得有文明、有礼貌了。

　　雷锋曾深有体会地向其他辅导员介绍说："我和孩子

们交上了知心朋友，建立了深厚的感情。有时我要上哪去开会或学习，他们知道后，总是把我围成一团，手拉手地把我送到车站，分别时总是恋恋不舍，有的同学还掉眼泪哩。小朋友对我这样好，使我更加热爱和关心他们，更感到自己责任的重大，更体会到工作的意义和乐趣。"

雷锋同志在少先队工作岗位上作出了出色的成绩。为了表彰他在少先队工作中的卓越贡献，1963年2月23日，共青团中央作出了《关于追认雷锋同志为全国优秀辅导员的决定》，号召全国少先队辅导员向雷锋同志学习，要像雷锋同志那样热爱少年儿童，热爱辅导员工作，忠于党的嘱托，在培养共产主义事业接班人的工作中作出更大的贡献！

1961年初，雷锋在世之时，他的先进思想和模范事迹，已经在雷锋部队所在地辽宁省引起了人们的注意。

1961年4月19日，《中国青年报》以《苦孩子——好战士》为题宣传介绍了他的事迹。

1962年雷锋牺牲以后，共青团辽宁省委便在全省青少年中开展了向雷锋学习的活动，使广大青少年受到了一次生动的思想品德教育。

这一活动在辽宁初见成效后，1963年2月15日，共青团中央发出了《关于在全国青少年中广泛开展"学习雷锋"的教育活动的通知》，号召青少年要着重学习雷锋的如下精神品质：

忠实于党，忠实于社会主义事业的无产阶级立场；

自觉地服从祖国的需要，以人民利益为重，做一个"永不生锈的螺丝钉"，全心全意为人民服务的精神；

关心同志，助人为乐，毫不利己，专门利人的共产主义的风格；

坚韧不拔，勇于克服困难的意志和克勤克俭，艰苦朴素的作风；

坚持又红又专的方向，下苦功夫，努力学习毛主席著作，刻苦钻研业务技术，模范地完成工作任务。

在毛泽东等领导题词的号召下，在共青团中央的领导下，全国少年儿童迅速热烈地开展了"向雷锋同志学习"的活动。

这是一项范围最广、持续时间最长的活动，对广大少年儿童是一次非常深刻的共产主义思想教育，在他们的一生中产生了深远的影响。

全国各地少先队普遍开展了听雷锋的故事，读雷锋的日记，看雷锋的电影，朗诵歌颂雷锋的诗歌，同雷锋班建立通信联系，举行"雷锋叔叔永远活在我们心里""像雷锋叔叔那样公而忘私，像雷锋叔叔那样助人为乐"

的活动。

辽宁省抚顺市的少先队通过这一教育活动，使雷锋的光辉形象深深地印在了少年儿童的头脑中。

雷锋关心集体、助人为乐的高尚品德，教育了很多少年儿童热心为他人做好事。当人们问这些少先队员的姓名时，他们也像雷锋那样不说自己的姓名，只说："我是少先队员。"

雷锋刻苦学习的精神，启发了少年儿童学习的自觉性，出现了勤奋学习的新气象。他们说："一想到雷锋，学习就有劲了。"

雷锋入队、入团、入党和在各个岗位上的光荣事迹，鼓舞了孩子们的上进心，许多儿童要求入队，少先队员要求入团。

有的少先队员说："学习雷锋叔叔后，使我懂得了生活的意义，雷锋叔叔就是我生活的火车头。"

抚顺市学雷锋活动取得了很好的效果。

广大少年儿童学习了雷锋的先进事迹后，都知道雷锋叔叔做了许多好事，但对雷锋为什么做这些好事，不是很理解，提出了许多问题。

有的孩子问，"雷锋叔叔把自己的饭给别人吃了，他自己饿着怎么还高兴呢？""雷锋叔叔把棉袄脱给老大爷穿，自己不冷吗？""一瓶汽水才一角五分，他怎么舍不得花呢？""雷锋叔叔累了不休息，困了还学习，这是为什么呢？"一个人为什么活着，这是个人生观的问题。

有的学校针对少年儿童提出的这些实际问题，注意从小抓起，从点滴做起。举行"学雷锋，谈幸福，立大志"的队会，请雷锋生前所在的连队战士给孩子们作报告：雷锋有一个为共产主义奋斗的伟大理想，伟大的理想才能产生巨大的动力，雷锋处处为人民着想，为集体着想，他把人民的幸福看作自己的幸福，他把帮助别人当作自己最大的快乐。

听了雷锋生前战友的这番话，孩子们对照自己思想纷纷表示：我们应该像雷锋叔叔那样，牢牢记住少先队的呼号：准备着，为实现共产主义和祖国的伟大事业而奋斗！

从实际出发，从共产主义人生观的启蒙教育入手，学习雷锋活动就有了一定的深度。

雷锋精神鼓舞和教育了无数的少年儿童。广大少年儿童学雷锋，见行动，思想品德明显进步，先进集体、先进人物大量涌现。

韩余娟、孙玉芳、努尔古丽等一大批少年英雄和优秀少先队员，就是广大少年儿童的杰出代表。西安市实验小学的"护盲小组"，山东平度县实验小学的"学雷锋接力小组"等一大批优秀集体的出现，就是少先队的光荣，他们为少先队写下了光辉的历史。

这里有一个"三少年奋勇救火车"的故事，是学雷锋活动的典型。这三名少先队员是吉林省梨树县第六中学的学生。他们奋不顾身抢救火车的行动，成为全国学雷锋的模范。

1963 年 8 月下旬的一个星期六，在校住宿的三年级学生孙剑英，二年级学生、少先队员张国学请假回家办事。

他们离开石岭南站的时候，天还是蓝蓝的，太阳挂得高高的，天气好极了。

两个人满心欢快地往家走。

突然，狂风大作，黑云铺天盖地涌上头顶，随之大雨夹着冰雹砸了下来，张国学和孙剑英急忙跑到东山车站去避雨。

这时，他们的同学二年级的少先队员王景义，也走了过来。

"你回家呀?"孙剑英问。

"嗯。"

"你咋了?"张国学问。

"肚子疼。"

"那不怕，过了雨咱们一起走，你肚子疼厉害了，我们抬着你。"王景义忙说："可别拖累你俩，你们还是先走吧!"

"那我们就白学雷锋了，有事只顾自己。"张国学慢声慢语地说。

雨停后，三个少年一起出发了。他们沿着铁道旁的小路，一直往西走。边走边谈着看过的书，读过的故事，还谈到了自己最崇敬的英雄人物。

"雷锋的事迹最使我感动!"

"我最敬佩雷锋!"

他们大概走了有两公里左右的路。突然走在前面的孙剑英、张国学同时"哎呀"一声惊叫。

王景义随着声音抬头一看,一棵直径近半米粗的大树横倒在铁道上,压住了两条铁轨。

显然这是被刚才那阵狂风吹倒的。在倒树的西边,铁路有个弯,10 米以外看不见这棵倒树,东边来车,即使能早发现,因为是下坡,也不易停车。

张国学紧张地说:"听我爸说,火车轧到碗大的石头上就要出事故,何况这么粗的树哇!"

"不能让火车出事,咱们把它搬掉!"三人中不知谁说了这么一句。

这时候,他们三个人把回家的事都丢到脑后去了,立即跑过去抬树。

刚下过雨,地又滑,树又重,三个少年费尽了全身力气也没抬动。

往右搬,有棵榆树挡道;往左搬,三个大树叉子卡在枕木空隙处,他们出了满身汗,弄了一身泥,树还是一动也没动。王景义说:"咱们要都是大人就好了。"

可现在怎么办呢?真是急人哪!

这时,年龄最大的孙剑英急中生智说:"有办法了,我们把树枝掰掉,树身不就轻了吗?"

"对,对!"其他两个同学齐声赞成。

可是，当他们刚动手掰树枝的时候，从西边传来火车的吼叫声。

在这千钧一发之际，平日办事不慌不忙的张国学斩钉截铁地说："掰树枝来不及了，我们从东边来时，路上有两个养路工人，找他们去！"

张国学以跑百米的速度向东跑去。

王景义细听一下，火车的声音更近了。在这万分火急的时刻，雷锋的形象、老师的教导、飞驰的火车、路上的倒树一齐涌上王景义的心头。

他向孙剑英喊了一句："我去拦火车！"他忘了肚子疼，弯着腰就向西跑去。剩下孙剑英就拼命地掰树枝。

王景义不顾一切地往前奔跑。说时迟，那时快！火车已在前方露头了。

王景义知道光猛跑是拦不住火车的。他急中生智，忙脱下了身上穿的衣服，红色的袄里朝外摇摆着，高喊着："站住！前边倒了一棵大树！"

火车没有停，还在继续前进。

为了引起司机注意，王景义跨在两条铁轨中间跑，边摇动棉袄边呼喊："站住！站住！"

火车离王景义只有 10 米远了，王景义只好从路基上跳出来；这工夫，火车头嗖的一声从他身边驶过。

王景义几乎是筋疲力尽了，可是他看火车没停住，再次拼尽最后一点力气，转过身来从后边追火车。

那边张国学一股劲跑了一公里多路，豆粒大的汗珠顺着脸往下淌。

他边跑边上气不接下气地喊："快来人哪！前边有棵大树倒在铁道上了！"

养路工长沈昌林和养路工人董仁贵一听到这喊声，扔下工具就往西跑，跑到倒树的地方时，火车还在前进。没有丝毫考虑的时间，他们就动手搬树。

可是搬不动！张国学、孙剑英也急忙下手和两位工人叔叔一起搬，因为有的树枝还在枕木里卡着，刚把树头搬动有半尺远，就又被拉了回来，两个少年还被树干推了个跟斗。这时火车离倒树只有300米远了。

火车在前边向坡上爬，王景义在后面拼命追。他边喊边摇衣服。

这时司机从驾驶室探出身来，看清了王景义要求停车的动作，也更准确地判断出这少年不是和他逗着玩，他当机立断搬动了死闸。

在不远的前方，两位少年和两位工人还在努力抬树。人急力气大，他们现在就正处于这种紧急的状态中。

两位少年和两位工人鼓足了力气，当火车还没停的时候，第三次齐心合力把树抬了起来。

火车终于停住了。司机从车上跳下来，只见王景义的脸像白纸一样，一句话也说不出来了。

司机心疼地把王景义抱上车休息，王景义才一句三喘地说出前边铁路上出的事儿。这时张国学也跑过来报告说，大树已经从铁轨上搬开了。

火车安全地通过了，满车货物被及时地运往它要去的地方。司机和车上的工作人员都用感激的目光望着三个少年，并挥手向他们致意。

一场惊心动魄的战斗结束了，王景义他们快乐地望着飞奔的火车，松了一口气。

抬头看看天空，阴云已经散开，蓝天好像比原先更蓝了，雨后的远山近岭，一片翠绿，似乎比原先更可爱了。

这三个少年在平常的日子里干了什么好事，自己从来也不讲。这次救火车，回校后也只字未提。

直到 9 月 9 日吉林铁路局梅河口办事处派人来表扬奖励他们时，老师和同学们才知道了这件激动人心的事情。

老师问他们为什么回校不汇报？他们说：雷锋叔叔给一个丢车票的妇女买票时，那妇女问他叫什么名字，他回答叫"解放军"。我们也愿意像雷锋叔叔那样，做一个无名英雄。

毛泽东题词"好好学习"

1964 年，共青团中央向毛泽东提出为《中国少年报》题写新报头的请求。

毛泽东答应了这个请求，再次亲笔为《中国少年报》题写了新的报头。

其实，从新中国成立以来，毛泽东已多次为中国少年儿童期刊报纸题词。

毛泽东第一次给中国少年儿童队题词的刊物是《中国儿童》。

1949 年 7 月，团中央书记冯文彬到团北平市委指导工作。团市委少年儿童部的干部向他反映说，许多小朋友来信希望团中央能给小朋友办个刊物。

冯文彬很重视这个建议，回去以后马上同其他几位共青团中央常委开会商量，会议当即决定：创办一个全国性的少年儿童刊物，并且定名为《中国儿童》。

1949 年 8 月，筹办《中国儿童》的工作正式开始。

在团中央宣传部宣传科科长左林的指导下，肖光、刘易晏、朱洪这三个 20 岁左右的年轻人组成了编辑部。

这几个年轻人虽然经验不多，但工作热情很高，责任心很强。

在筹划第一期文稿时，他们就想到请毛泽东为《中国儿童》题词。

　　编辑部里的这几个年轻人认为，毛主席题词，不但体现了党对少年儿童工作的重视，还能反映出中央领导对全国少年儿童的期望。

　　1949 年 9 月 8 日，他们代表中国儿童社给毛泽东写了一封信，请冯文彬去党中央开会时面呈毛主席。信的内容是：

　　毛主席：

　　　　为了帮助儿童学习，团中央办了一个《中国儿童》杂志。请您题几个字勉励儿童学习。特送上白纸两张，请您挪暇写好，为感。

　　　　敬礼！

中国儿童社
9 月 8 日

　　他们相信，毛主席会答应他们的请求。

　　可是，转念又想到毛主席这时候一定忙得不得了。他们又开始担心不知道要等多久才能得到毛主席回音。

　　出乎大家意料，尽管毛主席工作非常繁忙，但仍然很快为刊物题了词。

　　毛泽东在 9 月 10 日回信：

　　　　照写如另纸

毛泽东
9 月 10 日

编辑部的同志们都高兴极了。

所谓"另纸"，就是另外两张 28 开大小的宣纸，一张写着"好好学习"4 个字，另一张也写着同样的 4 个字，只是在纸的左上角画了一个圈。

大家反复传阅着毛主席的题词，真是又兴奋，又感动。大家都知道，毛主席平时写字大都是采用草书，而这一次写的却是潇洒飘逸而又笔画分明的行书。

原来，毛泽东在百忙中还是注意到了，这是给娃娃们的题词，这样写娃娃们更容易识读。

更叫大家感动的是，因为是给娃娃们题词，毛泽东写得特别认真，总想写得好些再好些。那画了圈做了记号的一张，是毛泽东自己觉得比较满意的。而把两张一起交给编辑部，又是为了尊重编辑部，让编辑部来选择。

1949 年 9 月下旬，《中国儿童》正式创刊了。这对中国的少年儿童队来说，是一件激动人心的大事。

后来，毛泽东的题词就刊登在《中国儿童》的创刊号上了。《中国儿童》问世后的第六天，新中国就诞生了。

毛泽东这"好好学习"4 个字，饱含了对中国少年儿童的殷切期望。

1949 年，中国革命虽然已经胜利，但还有许多困难需要克服。毛泽东认为娃娃们的知识还远远不够，不努力学习是不行的。

毛泽东非常希望广大少年儿童懂得这个道理。

"好好学习"从《中国儿童》第一期刊出以后，迅速传播到新中国广大少年儿童心中。

新中国成立后，无数少年儿童，在"好好学习"的鼓舞下，成长为祖国的有用人才，为新中国的发展壮大作出了贡献。

同时，"好好学习"又成了《中国儿童》的办刊宗旨。自创刊伊始，它就以帮助少年儿童在德、智、体、美诸多方面好好学习为自己的责任，不仅刊登了许多介绍新知识的好文章，帮助小朋友开阔视野，发展求知欲，还报道过许多国内外大事，介绍英雄模范人物的先进事迹，对小朋友进行思想品德教育，培养"五爱"精神。

1949 年 10 月 24 日，《中国儿童》杂志创刊一个多月了。团中央公布了建立中国少年儿童队的决议，《中国儿童》又被团中央确定为中国少年儿童队的全国性队刊。

为了名称上更符合队刊性质，团中央决定，从 1950 年 1 月起《中国儿童》杂志正式改名为《中国少年儿童》。

共青团中央再次请求泽东为《中国少年儿童》题写刊名。和上次题词一样，毛泽东仍然采用工整的行书。

1951 年秋季，为了适应广大少年儿童的需要，团中央又决定把《中国少年儿童》杂志改为报纸，名称就叫《中国少年报》，决定从当年 11 月 5 日起发行。

《中国少年报》就成了中国少年儿童队队报。

1953 年 8 月，中国共青团中央决定把中国少年儿童队改名为中国少年先锋队，《中国少年报》自然也就成了中国少年先锋队的队报。

为了不打扰日理万机的毛泽东，编辑部这次没有去请毛泽东题写报名，而是从《中国少年儿童》杂志的刊头中撷取了"中国少年"4个字，又从《人民日报》的报头中撷取了"报"字，拼在一起组成了《中国少年报》的报头。

直到 1964 年，毛泽东应团中央的请求，再次亲笔为《中国少年报》题写了新报头。

"好好学习"，这是伟人毛泽东对一代又一代中华儿女的殷切期望。在新中国诞生以后，无数的少年儿童都把"好好学习"作为自己的座右铭。

下面就是一个"好好学习"的儿童队榜样。这个儿童队不仅在学校"好好学习"，而且主动组成了自学小组，这个小组叫"徐建春自学小组"。

上海市虹口区虬江路上有一座庙宇，土黄的墙壁已经剥落了。这就是徐建春自学小组的自学场所。

当你走进庙堂旁边的一条小巷的时候，你就会看见一所有绿色小窗、粉白墙壁的小屋，它的旁边有一块空地，上面罩着葡萄架。徐建春自学小组就在那儿学习。歌声、嬉笑声冲破了庙宇的沉寂，使人禁不住会这样想：有了集体，就会有生气。

徐建春自学小组是个美好的集体，在开始的一段时间，这里曾经是乱糟糟的，但乱糟糟的情形没过多久，在徐建春优秀事例的鼓舞下，他们就渐渐进步了。

徐建春自学小组第一次考试总平均成绩只有五六十

分，大家心里都很难过，因为既然要以徐建春大姐为榜样，那就一定要做到学习好，为建设祖国做好准备。

于是他们就组织了三个复习小组，每天下午复习两节课，有一小组在小组长杨赛凤家里复习。

小小的客厅，挂上一块小黑板，那是从居民委员会借来的。同学们有的坐在沙发上，有的坐在椅子上。凳子太高，把它横着坐；没有课桌，书放在膝盖上。

课代表走到小黑板旁边，假如今天复习语文，他就问中心思想，默写生词；假如复习算术，就在黑板上画图解，请同学演算习题。

课代表是老师，厅堂是教室，同学是学生，一切都像上课时一样，同学们都举手讲话。

讲课的同学经过给同学们讲解，巩固了自己的学习。同学们不会的，经过讨论，也就懂了。

这样，学习小组成绩提高很快。听广播学习时，即使指导员不在，他们也能安静学习了。

通过自学小组，同学们培养了自学的能力，同时个别有问题的同学也得到了帮助。

仇国平是个爱画古代将军的小朋友，上课的时候，他的小脑袋常常低着偷看武侠小说。老师讲的话，通常一句也听不见。

同学们发现了这种情形以后，感到他老是这样下去是学不好的。在一次讨论会上，同学们对仇国平提出了批评，并决定一起帮助他进步。

小组长侯根娣告诉他："在自学小组里也可以申请入

队的。上课请你不要做小动作，不要随便谈话，要用实际行动来争取入队。"

上课了，仇国平总想拿武侠小说看，旁边就有同学告诉他："喂，现在讲到第七页了。"当他随便讲话的时候，就有人匆匆地拉扯他的衣袖。

小组里成立了小图书馆，引导大家看好书，集体把管理图书的任务交给了仇国平。

渐渐地，同学们常常有事来找他，墙报组长要仇国平画一个解放军，仇国平就把自己有一次遇见解放军的情景画了下来，真吃力呀，因为仇国平一直是画古代将军的呀！

同学们集体帮助了仇国平，使他学会了管理图书，学会了画解放军，懂得了什么书是好的。

同学们都说小组长唐懋康是"三个不对就要放冷气"的人。他做工作一有挫折就没劲。有一次他组织同学排话剧，同学们把台词忘了，他就摇着头，用两手推着同学们说："不排了！不排了！"

但是，做工作和学习是免不了要遇到困难的，有一次，困难又找到了唐懋康。

当自学小组正在一天天进步的时候，偏偏唐懋康一个人政治测验和默生字不及格，他难过得哭起来了，心想这样会拖坏学习小组。

第二天他就没有到自学小组来，准备在家里把功课自修好了再回小组。

指导员和同学们都来看他，对他说："你有决心搞好功课，就要下苦功，光着急是没有用的。"

大家劝他仍然回自学小组，并向他建议每天听广播要专心，回家以后，规定时间温习。

唐懋康终于战胜了困难，在期终考试的时候，他的学习成绩平均提到 77 分。

"好好学习"这一殷切的嘱咐，鼓舞着千千万万少年儿童刻苦学习，勉励着千千万万少年儿童努力攀登科学知识的高峰，1949 激励着千千万万少年儿童努力掌握科学知识，为祖国的发展与腾飞作出贡献！

本书主要参考资料

《国史全鉴》本书编委会编 团结出版社

《共和国五十年珍贵档案》中央档案馆编 中国档案
    出版社

《中国现代史资料选辑》彭明主编 中国人民大学出
    版社

《大开国》宋银桂 凌志著 广西人民出版社

《中国少年儿童运动史》郑洸 吴芸红主编 天津人民
    出版社

《少先队员的好榜样》江芷千等著 少年儿童出版社

《反特镇反运动实录》晓峰 美东 北根著 金城出
    版社

《大镇压——反革命归案伏法纪实》白希编著 金城
    出版社

《为了孩子为了未来》中国少年先锋队全国工作委员
    会主编 中国少年儿童出版社

《少年英雄的故事》中国少年先锋队全国工作委员会
    编 济南出版社

《做毛主席的好孩子》共青团吉林省委和少先队工作
    部编 吉林人民出版社